# 凄腕パイロットに囲われたら、眩むほどの愛の証を刻み込まれました

marmaladebunko

JN052606

マーマレード文庫

# 目次

## 凄腕パイロットに囲われたら、眩むほどの愛の証を刻み込まれました

# 凄腕パイロットに囲われたら、
# 眩むほどの愛の証を刻み込まれました

## ①朝ご飯は和食派

　食事の片付けを終えた夫が隣に座った。ありがとうと口にすると、笑顔で流されてしまった。仕事で忙しい分、家のことくらいはやると言っているのに、目の前の人の気持ちは収まらないようだ。

「少しお腹が張ってるって医者に言われたんでしょ？」

　ぎくりとわかりやすく体がこわばる。膨らんできた腹を無意識のうちに撫でていたから気づかれたのだろうか。

「どうしてわかったの？」

「ほらやっぱり。ここんとこよくお腹、押さえてたから」

　誘導尋問に引っかかったようだ。私は小さく息を吐いて夫の肩にもたれかかる。

「張ってるって言っても今すぐ何かあるわけじゃないの。お腹の張り止めまで飲む必要はないってお医者さんも言ってくれてるから」

　そう反論したが、夫は納得していないのか眉間の皺が消えない。

「万全の状態で出産に挑んでほしいから。頼むからこれくらいさせてくれ」

――少しでも不自由がないように。少しでも快適に、健康に。

優しい殻の中で育てられていた自分は本当に幸せだったのかもしれない。温かい夢のような世界を誰かに味わってもらいたい。そんな風に芽生えた思いは、今現実となっている。

――ピピピピ……ピピピピ……。

「ん、んう……」

やや不快な電子音が朝を知らせる。手探りで音の発信源を探すが、なかなか見つからない。その間にも嫌な音が部屋中に鳴り響き、意識が覚醒してくる。目覚ましが鳴るまで寝ていられたのはありがたいが、布団から抜け出すのは至難の業だ。

やっと見つかったスマートフォンのアラーム停止ボタンを押す。わざと小さく表示してあるのは少しでも起きる確率を上げるためなのだろう。

「ふ、あ～～～～！」

体を起こす前に、ベッドの上で全身を伸ばす。少し血行がよくなってきたところで、勢いよく起き上がった。朝晩は随分過ごしやすくなったものの、まだまだ暑さが残る季節。カーテンを開けると射し込んでくる日差しが今日も暑いよ！　と教えてくれているようだ。こんな日こそ、一日の始まりはきちんとしなければ。そう思って真世は一人、「よし」と呟く。

キッチンに向かいながら、エアコンのスイッチを入れる。涼しい風が背中を撫でていき、寝起きの少し汗ばむ体を冷やしてくれる。

「今日は何にしようかな……」

そう口にしながらも、頭の中で朝食のメニューを組み立てていく。野菜室を開けて、袋に入ったカット野菜を手に掴む。一人暮らしで色々買うのはかさばるうえに消費も大変だ。バリッと袋を開けてそのまま鍋に放り込んでいく。同時に取り出したエノキを袋の上から根元を切り落として解しながら同じ鍋に入れる。水につけていた昆布出汁をどぼどぼ惜しみなく注ぎ、火にかける。その間に野菜室の奥から大きなプラスチック容器を取り出した。

「何にしようかな～」

蓋を開けると、独特の発酵臭が鼻の奥を刺激する。実家からおすそ分けしてもらったぬか床。家では立派な壺に入っていたが、残念ながら真世の冷蔵庫には入らないサイズだ。少しずつぬかと塩を継ぎ足して、今では立派に『真世の味』になっていた。ぬか床を育てる人によって味が変わるとどこかで聞いたことがある。以前家に持ち帰って食べ比べたときには、味が全然違うから本当に驚いた。本家と分家のようなぬかしても限られてくる。

「真世は土日も休まず出てるけど、彼氏とか大丈夫なの?」

「……そんな人いないってご存じでしょう? 友達とは夜に会ったりするから大丈夫です」

顔を合わせるたびにデリカシーのない質問が飛んでくる。ムッとした気持ちを隠すように平静を装う。康人は上司としては大変優秀だと思うが、身内としては少々やりにくい。何がやりにくいと聞かれると困る。しかし、優秀がゆえに心の中まで見透かされているような気がしてしまうのだ。それに唯一真世の弱みを知っているためにどうしても気後れしてしまう。

「まあ、それはいいとして、ちょっと一件お願いしたいんだ」

「はい。でもいつもアプリで送ってくるのに珍しくないですか?」

「ん~……いや、俺も悩んだんだけど。条件と時間を考慮すると真世が一番都合いいんだよね……」

いつも歯に衣着せぬ物言いをする康人にしては珍しい。とりあえず仕事ならきちんと受けるつもりだ。だからこそ早く依頼内容を教えてほしい。

「依頼主は一人暮らしの男性」

「……っ」

言い淀んでいた理由をすぐに理解した。真世は情けないことに、仕事に入れる場所に限りがある。一人暮らしの男性。実際この条件での依頼は多い。けれども以前真世が入ったときに、あるトラブルが起きた。思い出すのもおぞましく、言葉にもしたくない。

『こんな仕事して、家に入ってくるって危機管理がなってないんじゃない？』

そう投げかけられた言葉が今でも忘れられないのだ。過去の傷が蘇りそうになり、真世は心を守るようにぎゅっと二の腕を握った。

「無理ならいい。断ればいいだけだ」

「ま、待ってください」

ただでさえいつも迷惑をかけているという思いが生まれ、なんとか声を絞り出した。

「いいって。怖いんだろ？　まだ」

「いいえ。でも康人さんが話を持ってくるってことは会社の利益にも関わってくるんですよね。あと、何か理由があるんだろうなって」

――スタッフの真世を大切にしてくれていると十分すぎるほど伝わってくる。だからこそ、受けた恩に報いたい。

「じゃあ、まあ一応内容を見てもらっていいか」

仕方ない、すぐ断れと不機嫌顔をしながらタブレットを差し出してくる。

「会社的にも大変ありがたい申し出なんだけど、時間が不定期なんだ。今動けるのが真世しかいなくてな……ほら、敦子《あつこ》さんはお母さんの介護をしているから仕事をセーブしているし、清美《きよみ》さんは娘さんの出産を控えているだろう？　時間の縛りがないのは真世しかいなくて。ダメなら断ろうとしてたんだよ。だから無理するなってことだ」

「わかりました」

母親の介護、出産。人生の節目に当たるので無理にお願いできない。康人の態度から最後の最後まで悩んでくれたのだろうと理解できた。

――本当にありがたいことだよね。

益々報恩の気持ちが湧き出てくる。でも実際思い出すだけで怖くなってしまう自分には頑張ったって無理な案件なのかもしれない。弱気な気持ちになりつつ、真世は条件や内容に目を通した。

「……国際線、パイロット」

職業欄のところにはそう書かれていた。そして、自分がフライト中に部屋の片付けをして家の中を清潔に保ってほしいとのこと。理由として『自宅は生活の基盤だと思っている。できる限り整えるようにしているが不在時間が長いため家の中が淀んでしまう』とあり、まさに自分が心の二本柱としている生活の基盤を大切にしているのが伝わってきた。それに、仕事中ということは日本にいないということ。それなら会うことも絶対ないだろう。

「やります」

「わかった。じゃあ、ことわ……!?」

康人が驚きをそのままに立ち上がった。

「私、やります」

「い、いや。真世、俺のためって言うなら無理しないでほしい」

断る理由にするつもりだったくせに、と思ったがそれは口にしないでおく。もちろん康人への恩返しの気持ちもあるが、自分と同じ志を持った人を応援したかった。

「無理してません。万が一にもかち合うことがないようにしますので」

「そういうのがフラグって言うんだよな……」

フラグ？　旗？　言葉は知っているが自分が言われたのは初めてだ。時々康人はこうしてちょっとわからないことを口にする。何度も無理するなと心配してくれたが、真世の意志は固かった。

◇◇◇

「っ、た、高あ～」

空港から海を挟みつつも電車一本。まさにパイロットのためのマンションと言わんばかりの物件だ。そしてとても高い。一階から見上げると、首が痛くてたまらない。

――私のアパートとは大違い……。

生活の違いをまざまざ見せつけられて圧倒される。選び抜かれたエリートなんだろうと思いつつエントランスをくぐった。どこかのコンサートホールかと言わんばかりの広さにさらに気圧されてしまい、おのぼりさんのように挙動不審になってしまう。

裕福な家には何度も行ったが、また雰囲気が全然違う。家の中に入れば依頼主くらいしかいない状況だが、マンションは色々な人とすれ違う。この仕事は一般的な家事を担うため、服装は簡易なものが多い。しかし、先ほどから出会う人皆がおしゃれな恰好をしている。全身からにじみ出るオーラと美しさは全員が全員芸能人？　社長？　などと勘違いしてしまいそうだ。しかもちらちら自分を見ているような気がしてならない。仕事仕事仕事……と何度も心の中で唱えながらエレベーターの前に着いた。

「あれ……」

昇降ボタンがない。どこかに隠れている？　とあっちこっち探してみるが見当たらない。どういうこと？　ここじゃない？　とパニックになり始めたところで「すみません」と声がかかった。助かったとばかりに声のした方に振り返ると、受付カウンターのところで軽く手を挙げている人がいる。

「申し訳ございません。居住者の方以外はお通しできません」

「あ、いえ……私は、あの仕事で」

「お仕事？」

ネームバッチにコンシェルジュ佐藤《さとう》と書かれた女性が、わかりやすく眉間に皺を寄せた。そこで真世は備考欄にコンシェルジュカウンターに声をかけるように書いてあったことを思い出す。

「申し遅れました。ひだまり家事代行サービスの持田です」

慌てて社名と名を名乗ると、受付の女性が「ああ」と無機質な声を漏らした。

――なんだか感じが悪い。

目に見えてバカにした様子に心が乱される。けれども真世はそれを顔に出さず、手

ため、次の仕事だ。

「あちゃ。かわいそうに」

全自動掃除機ロボットがカーペットとソファの間に乗り上げて斜めになっている。

「仕事ができるようにご飯食べておいで」

ロボットを充電場所に戻してあげると、赤いランプが点灯した。なんだかペットのような扱いになってしまうが、動くものは何でも可愛く思えてしまうのは真世の性《さが》のようだ。

ロボット掃除機がご飯を食べている間に、埃を落としてしまおう。掃除用のハンドワイパーで上から順にふき取っていく。あまり飾りっ気のない家だが、ある一角には賞状やらトロフィーやらが飾ってある。

「全国陸上選手権、高跳びの部優勝……すごい！」

つい目に入った文字を追うと、そんなことが書かれていた。真世でも知っている超有名校。スポーツにも勉学にも力を入れている超人気大学だ。総務省管轄、公設民営大学として全国都道府県から年間数名だけ受験を許されるというとにかくエリート学校だ。様々な分野を学べて、医師から宇宙飛行士……様々な著名人が卒業している大学。なぜ知っているかいうと、弟がその大学に通いたくて県選抜を受けたがダメだったことが記憶に残っているからだ。

「はあ~……ほんと、雲の上に住んでいる人なんだなあ」

学力、地位、居住地、全て空の上。人に違いはないものの、ここまで違いを見せつけられるとさすがに落ち込んでしまいそうになる。今までたくさんそんな人に会ってきたくせに、なぜそう思ってしまうんだろう。異性だから？　同じ働き盛りの歳だから？　そこまで考えて真世は首を横に振る。真世の思いを共感してくれたから、勝手に自分に近い人だと思い込んでしまっていたからだ。

——よくない、よくない。

先入観で考えすぎ。自分はただのハウスキーパーで依頼主と関わるわけじゃないんだから。そんな風に気持ちを切り替えて、居心地のいい空間を作るために再度動き出した。

## ③炊き立てのご飯は最高

空が好きだった。子供のころは上ばかり見て歩いていて、親によく叱られていた。同じ空はない。どうして空は青いのか。どうしてくもりになると灰色になるのか。季節によって空が高く感じるのはなぜだ。子供だった自分の頭の中をそんな疑問がいつまでも巡っていた。

今ではその疑問もすっかり解決できてしまったが、当時は少しでも空に近づきたかった。中学生で高跳びに出会い、空と一体化した。空への渇望が少しだけ満たされた。ハイジャンプは飛ぶ瞬間、空しか見えなくなる。数秒にも満たない時間が一番の幸せだった。

そうして空への憧れをこじらせた自分にとって天職なのが今の仕事、『パイロット』だった。

オリンピック強化選手に名を連ねたこともあるが、より高く空に近づけるのはどちらか問われたらすぐに答えは出た。

◇◇◇

「星野キャプテン。お疲れ様でした」

「お疲れ様でした」

顔の知れたキャビンアテンダントに声をかけられ、疲れた体に鞭打って笑みを浮かべた。

「もしよければ少し話せません？　来月の体験型次世代教育プログラムのことも相談したいし……」

「ああ、もうそんな季節か……」

次世代教育プログラムは、子供たちに自分たちの仕事を身近に感じでもらおうという航空会社主催のイベントの一環だ。本物のパイロット育成学習に基づいて月一回の講義と体験学習を実施する。一年間通うことで、修了証を発行してもらえる。しかもそれはただの紙切れではなく、もしパイロットを目指すのであれば受講している事実が航空会社に残る。憧れをただの憧れで終わらせないための会社側の一大イベントになっている。相談なんてもっともな誘いに、一瞬頷きそうになる。けれどもいつもそう言って建設的な話が何もできないことを知っているため、首を横に振る。

「しばらく家に帰っていないから、今日は遠慮しとく。その話に関しては俺の方でレジュメを完成させてたはずだよ。目は通してくれた？」

「えっとぉ」

逸らされた視線が質問の答えだ。それに、断られると思わなかったと顔に書いてある。機長に昇格してからどうにもこういった誘いが増えた。呆れを顔に出さずに、笑顔を心がける。本当はこんなことしたくないが、私語を円滑に進めるためにはいたし方ないことだ。

「じゃあ、今日もお疲れ様。また次回のフライトで」

『星野翔』と書かれたネームプレートを返却することで業務完了。前は理由なく一人で飲みに行ったりしていた。けれども今は違う。快適な家に一分一秒でも早く帰りたくて仕方がなかった。

「あ～あ。やっぱり振られちゃった。あの年齢で独身かつ星野キャプテンみたいにかっこいい人いないのに」

「あんたでもダメだったか～。やっぱり心に決めた人いるんかな」

「清野《きよの》チーフと昔付き合ってたんでしょ？　やっぱりお互い忘れられないって感じな

のかな」

聞こえていないと思っているのか、それともわざとかわからないが、噂にしてもばかばかしい内容だ。そう思うと自然と小さく舌打ちが漏れる。

「ほらほら、あんたたち。残務を片付けなさいよ」

「は～い。清野チーフ。すみません。あ、チーフのネイル素敵ですね！」

「取ってつけたように言って」

「チーフは私たちの憧れなんですよ～、先月の広報誌すごく素敵でした！　女優やモデル顔負けのスタイルめっちゃうらやましいです」

はいはい、とあしらう声が聞こえる。

――本当、色々好き勝手言ってくれる。

後ろから聞こえてくる話は一つも合っていない。けれども振り返りも否定もしない。火に油を注いで家に帰るのが遅くなるなんてもってのほかだったからだ。今話題に出た清野は他のスタッフより抜きん出て美人なのは認める。しかし、翔とって同期で友人。それ以上でもそれ以下でもない。今はそれよりも一分一秒でも早く家に帰りたかった。その理由は最近頼んだハウスキーパーのおかげだった。

――最初は疑わしかったが、頼んで本当によかった。

長時間のフライトで体は心底疲れているはずなのに、心は相反して空でも飛んでいるかのように軽やかだった。

自己評価は決して低くない。過酷なパイロットという仕事だが、金銭面では優遇されている。少し余裕を持てる給料をもらえるようになり、職場から近い高層マンションを購入した。普段の生活も空に近い場所で過ごしたかった。家庭的な家にしたいなんて願望はなかったはずだが、三十も半ばになり外食ばかりでは味気ないことに気づいてしまった。

「あ〜あったかい味噌汁が飲みたい」

そんなことをぽつりと呟こうものならば、「なら私が」と立候補してくれる人がたくさんいる。けれども、その向こうに待つ関係を想像すると冷めてしまう自分がいた。

しかも、パイロットは激務。フライト後の休息時間はあるものの、一人で仕事を忘れて過ごすことはなかなかない。そのせいで家にもただ寝に帰るだけという宝の持ち腐れだった。

一般的には四十代で機長に昇進する中で、翔は指導者の強い後押しもあり三十代半ばで機長になった。そして、次のフライトは政府専用機の操縦を任されている。外務大臣の輸送ということもあり、重大な任務に身を置くことになる。

仕事は充実している。だからこそ、休日はしっかり休みたい。ただ寝に帰るだけではない家を作ってほしい。そんな願いもあって、家の管理を頼むことにした。

「星野様、おかえりなさい」

浮き立つような気持ちで家に帰ると、いつもの顔のコンシェルジュが迎えてくれる。軽く挨拶をすると、「本日ハウスキーパーの方が入られました」と声がかかる。

知っていることなのにわざわざ言わなくてもいい。と思いながらも翔は「わかりました」と返した。

一秒でも早く部屋に帰りたい翔は、挨拶もそこそこにエレベーターに乗り込む。扉が閉まった瞬間、首のネクタイを引く。しゅるりと柔らかい衣擦れの音が機械の音に混じった。同時に、安全なフライトのために張っていた気も緩む。疲労がどっと押し寄せて自然と壁に体を預けてしまった。そうすれば襲ってくるのは眠気。部屋に着くまでの数十秒で、うとうとと睡魔に飲み込まれそうになった。

『到着しました』

無機質な声で沈んでいた意識が戻る。傾いていた体を起こすと、ちょうど扉が開くところだった。

「……うん、今日も綺麗な空だ」

かもしれない。

「和食が最高で自分の家と思えないほど綺麗になっている。人間らしい生活か……」

ぐるりと部屋を見回すと、評価内容と全く同じだ。

「みんな思うことは一緒だな」

翔はテーブルの上にあった報告書を手に取る。優しい字体で、几帳面さがにじみ出ていた。年上のベテランってところだろうか。昔どこかの童話にあった妖精のようだ。気づかれないように家を綺麗にして、幸福をもたらしてくれる存在。今入ってもらっているハウスキーパーは翔にとってそんな存在だった。隠密。まさにその通り。

食事の片付けを終え、満たされた気持ちでソファに腰かける。

「どんな人だろうか」

清潔な環境と満たされた腹のおかげか、やってくる眠気に抗うことなく目を閉じた。

◇◇◇

「飛びますかね」

「……俺たちは待つしかないからな」

明日の政府要人を乗せたフライトは出航時刻が未確定だった。つい一週間ほど前に、隣国と一触即発の他国が威嚇行動を互いに始めた。そしてそれが日本の排他的経済水域を超えて侵入してきたため三国を交えてのにらみ合いが続いている。隣国へ集まるはずだった他国要人もその威嚇行動に反発し訪問を取りやめるなどの決定が毎日ニュースで流れている。日本にとっての友好国が行くと言えば行くだろうという状況だが、おそらく日付が変わるころには取りやめが発表されるだろう。そうなれば自国も倣うはずだ。自分の腕が認められ、要人を運ぶことになった。初めて任された大役だったが、実際はこうして国際情勢に左右され何もできずにしがらみに囚われるというなんとも歯がゆいのが現実だった。

待機室で腕を組み、目を閉じる。苛立ちを表面化しないように気持ちを抑えるのに必死だった。そうしてどのくらい時間が経っただろう。日付が変わって二時間ほど過ぎたころ友好国の国務長官が訪問の取りやめを発表した。

「中止ですね」

「そうですね」

一緒に飛ぶはずだった副操縦士と顔を合わせる。その数十分後には、外務大臣の出国が取りやめになったと発表される。行くなら行く。行かないなら行かない。どうしてもっと早く決められないんだ。そんな不満が爆発しそうだが、今はもうすぐ解放されるということに心底安堵してしまった。

「清野チーフ」

「はい」

「待機していたキャビンアテンダントに、待機解除を伝えてください」

「キャプテン、承知しました」

今日のために空港の全職員が総動員だったはず。しかし、こういった情勢一つで全て無駄になる。と、考えたところで翔は首を横に振る。

「キャプテン？」

「いや、みんなお疲れ様。この機会は次に活かそうな」

未だ不満顔を残す副操縦士の胸をノックするように軽く叩いた。自分も彼も気を張っていたはずだ。飛ばなかったことは残念だったが、この監獄に閉じ込められたような空気は機長である自分にもいたたまれない。

「丸っとスケジュールが空いたな。緊急要請がない限り休みになるだろうから」

「はい。しっかりリフレッシュしてきます！」

ＯＫと返すと、少し自分の気持ちも晴れた。いつの間にか責任が全て自分に来るようになってしまい、立場を考えた発言しかできなくなっている。帰り支度を始める副操縦士の背中を見送り、翔は報告書の記入を始める。

――もし飛べていたなら、今日の空はどんな顔を見せてくれていただろう。

様々なしがらみを忘れるように、まだ夜も明けない真っ暗な空を見上げて思いを馳せた。

◇◇◇

『現在の世界情勢を加味し、外務大臣の訪問が取りやめになりました。これに関してはどうお考えでしょうか』

『はい。まずは、繰り返される挑発行為の裏にはとある国が絡んでいると言われていて……』

何気なくつけたテレビのニュース。同じことが繰り返されていて、いかに重要なニュースかよくわかる。世界情勢など自分とは関わりがないと思いがちだが、輸入・輸出・株価など経済にも大きく影響する。回り回って自分にも降りかかってくるだろうから、真世は常に情報を入手するように努めていた。今日は少し寝坊してしまったから、食事は簡単に塩むすびと野菜サラダ。魚肉ソーセージを散らしたから栄養バランス的には許されるだろう。塩むすびで塩分をしっかり摂取したので、ぬか漬けは控えよう。ながら食べはダメ、と両親に怒られそうだが真世はコメンテーターの言葉に耳を傾けながらおにぎりにかぶりついた。

すっかり秋の空に変わり始めた季節。真世は今日が自分にとって転機になるとはこのときは思いもしなかった。

「こんにちは。ひだまり家事代行サービスの持田です」

「はい。こんにちは。お伺いしております。左手奥のエレベーターからどうぞ」

「ありがとうございます」

エリートパイロット様が顧客になってくれたと康人はわかりやすく喜んでいた。真世を気遣いながらも売り上げアップに繋がると嬉しそうにしていた顔が思い出される。緩む口を隠しながら真世はエレベーターホールに向かう。どんなにこの仕事に慣れても初めて入る家はいつも緊張する。よかれと思ったことが裏目に出てしまうことだってあるし、依頼の範疇から行きすぎてしまってお叱りを受けることだってある。この仕事には『無』が求められる。家の基盤を整えたい！　もっとこれもやりたい！　と思いつつ、ぐっと堪えることも多い。だからこそ継続依頼が来ると心の底から安堵する。

「さ～て。今日も頑張りましょう」

気合を入れ直していると到着を告げる音が聞こえてきた。相変わらず綺麗な空が迎えてくれて、自然と心が弾んだ。いつも通りカードキーで開錠して、部屋の中に入る。初めて足を踏み入れたときより、空気の流れを感じる。淀みのない家に変わりつつあるなと自分の仕事に星五つの高評価をつけてあげたいくらいだ。

今日の依頼内容は、室内と寝具の清掃。そして明日も依頼が入っていて、そちらは食事の支度だ。どうやら明日は深夜になるが帰宅するらしい。休みの分の食事をお願いしたいと書いてあった。今日の時間配分だと明日の料理の下ごしらえもできそうだ。二日連続で入る場合のみ依頼外の対応が認められている。そのため買い物はもう済ませている。豚バラブロックが安かったため角煮にしようと決めていた。今日作って明日になればきっと味も染みているだろう。

肉に焼き目をつけながら、飛び散った油を拭いている瞬間だった。遠くの方から開錠の音が聞こえてくる。

「……え？」

戸惑いが声になって漏れる。泥棒？　まさか。こんなセキュリティーが厳しいところに？　と真世は固まってしまう。肉が焼ける音に混ざる足音。

――な、何？　誰？

混乱のさなかに放り出された瞬間、リビングのドアががちゃりと開いた。その瞬間、真世はすぐそばにあったまな板で顔を隠す。

「今日は頼んでいる日だったね。こんにちは。家主の星野です」

落ち着いた声。真世がここにいることに少しも動揺していない。考えなくてもすぐわかる。

「……こ、っこ、こんにち、は」

家主だ。今日はフライトで明日帰宅と聞いていた。だからこそ真世はここにいるわけだが、どうしてだか家主が帰ってきてしまった。その理由だけがわからず、挨拶ですら口ごもってしまう。

「ごめん。急にフライトがなくなったから。連絡入れた方がよかったですか？」

「い、い、いえ。だ、大丈夫です」

顔を合わせなければ平気。家の基盤を整えたいって言ってくれたんだから。そう思っていても、体は違う。指先が冷たくなり、小さく震える。全身の血が足から流れ出ていくような感覚に襲われ、自分が弱い存在だと思い知らされる。

『人の家に入って何もないって言えるの？』

『こんなに若いのに、家政婦なんて……訳アリ？』

『真世ちゃんがいると、なんだか俺の奥さんみたいだね』

過去にかけられた言葉が蘇ってくる。

「ほんとだ。顔を隠されると隠密みたいだ」

くつくつと悪意のない笑いが聞こえる。けれども真世は自分のことで精いっぱいで何も返せない。吐く息が荒くなり、なんとかしてこの場を乗り切らなければと必死だった。

「あ、あの。すぐ帰ります」

震える手でコンロの火を消す。ああ、ここからどうしようか。まな板で隠していてはどうにもならない。自分でしでかしたことなのに、どんどん窮地に陥っている。

「ああいいですよ。仕事が終わってからで。今日はイレギュラーみたいなものですから」

相手は笑っているが、自分は気が気ではない。思い出したくない過去が蘇り、今度は冷や汗が浮かんでくる。自覚し始めるとどうしようもなくなり、呼吸が荒くなっていく。

「い、いえ。帰ります。か、帰らせ……」

尋常じゃないほどに呼吸の回数が増える。めまいがしてきて、立っているのもやっとだ。まな板を持つ手がぶるぶる震える。

「……様子がおかしい。どうかしましたか」

ああ、もう本当に自分はどうしようもない。真世を落ち着かせようとしているのだろうとわかる。けれども、頭は完全にパニックになってしまい、生命活動に必要な呼吸すら奪っていく。全身が苦しいと叫んでいて、痛みすら伴ってくる。

「顔、見せなくていいから。速い呼吸を落ち着けて。吐くことを意識して」

抑揚のない声。過去に受けた傷をえぐってくるいやらしい声とは正反対だ。

──そうだ。この人はあの人とは違う。違う人なんだ。

自分の中でそう強く思いながら、指示された通り呼吸を意識する。

「そう。ゆっくり、吐いて。吐いて。吐いて」

「ふ、ふ、ふぅ──……」

荒かった呼吸だが、段々と間隔が空くようになってきた。同時に痛みも苦しさも少しずつ収まってくる。

「そう、上手。そのままゆっくりね」

取り込みすぎた酸素が少しずつ抜けていく。肺を締め付けるような苦しさが次第に遠のき、全身の震えも収まってきた。

「上手。上手だよ。背中撫でるよ。大丈夫？」

真世はゆっくりと頷く。その優しい声と同時に、かくりと膝の力が抜ける。まな板が床に落ち、へたり込む。

「今度はゆっくり吸って。しっかり吐いて……」

背中を撫でる大きな手に合わせて呼吸をすれば、真世を縛り付けていた過去の声が遠ざかっていく。

「よし、もういいな」

「あ……」

未だに背中はゆっくりと撫でられその温かさに心の底から安堵した。すっかり呼吸も気持ちも平静を取り戻し、真世はゆっくり顔を上げた。

「ごめん。急に帰ってきたから驚きましたよね。家主の星野翔です」

眼前に飛び込んできたのは、知らない美形の男の人だった。別の意味で驚かされ、真世は思わず息を呑み言葉を失った。涼しげで印象的な目。筋の通った鼻に、赤みを孕んだ形のいい唇。ぞくっとするほど色気のある男性で、真世は瞬きを忘れてしまった。

「ひ、ひだまり家事代行サービスの持田です。大変申し訳ございません……お見苦しいところをお見せしました」

「いや、大丈夫。驚かせてしまいました？　泥棒だと思いますよね。帰ってこないって聞いていたら」

「う、は、はい……」

本当は違うが、そういうことにさせてもらおう。泥棒かと思ったのは間違いないし、否定すると却って失礼な気がして、翔の優しさに甘えることにした。

「今日のフライト、中止になって急に休みになってしまったんだ。俺もあなたがいるって玄関を開けるまで忘れていて……」

申し訳なかった。と頭を下げられてしまう。家主になんてことを！　真世は慌てて手を振って「違います！」と大きな声で否定した。

「こちらこそ、びっくりさせましたよね。すみません……」

寛いで心を休める場所でなんて失礼なことをしてしまったんだ。真世は自分の弱さに心底嫌気が差した。

「では、お互いびっくりさせたということでおあいこということにしましょう」

「……おあいこ」

圧倒的に真世が悪いに決まっている。過去の出来事のせいで人様の家で過呼吸になった女に泥棒と勘違いされたのに、おあいこだなんて。あまりの優しさに口がひん曲がってしまう。

「それは……星野様が優しすぎるかと……」

「っ、あはは。しかめっ面してるから何かと思ったけど」

笑われてしまった。けれども、嫌な気持ちにはならない。どうしようもない自分を救おうとしてくれる翔の優しさに真世は寄りかかるしかなかった。

「俺はさ」

「はい」

「あなたがこの家に入るようになってから、家に帰ってくるのが楽しみになったんだ」

「……楽しみに」

そう。と翔が大きく頷く。

「人の手が入っている家は本当に居心地がいいと思い知らされた。感謝してるんだ」

「……ありがとうございます」

思ってもみない誉め言葉に、真世の心がぽっと温かくなる。面と向かって言ってもらうことなど滅多にないため自然と感謝の言葉が零れた。

「だから、これで気を悪くしないでほしい。俺の仕事はどうしても不在がちだし、どうしても家を綺麗に保てない」

「はい」

「だから、まあ……その、何ていうか。これからも来てくれると大変ありがたい」

「……そんな、こちらこそ」

心の中が嬉しさでいっぱいになる。言葉がうまく繋げず、中途半端な返答になってしまう。そこで真世はふと疑問に思う。たった数分でこんな素敵な人だと思えるのだから、家を整えてくれる誰かがいるだろう。と、思い至ったところでそれが失礼な考えだと気づく。人には人の考え方がある。自分の物差しで考えてしまうのはよくない。

真世はぎこちないながらも笑みを浮かべる。

「では、お互いの仕事に戻りましょう」

「はい」

お互い立ち上がり、自然と目が合う。先ほどよりもずっと穏やかな気持ちだ。ゆっくり口角を上げて、表情を緩めるよう意識した。

「私は食事の支度を続けます」

「……っ」

翔の動きがぴたりと止まった。じっと見つめられて、真世は何かおかしなことをしただろうかと軽く首を傾げた。

「っ、ああ。わかりました。俺はちょっとクリーニングに出すものをまとめてます。気にせず続けて」

真世が何か口にする前に翔が視線を逸らした。挙動が少し気になるが、真世は気持ちを切り替えて自分の仕事に徹することにした。

「ありがとうございます」

リセットするように、火を止めた肉の塊と向き合う。いい具合に焼き色がついていて、いったん皿に取り出す。鍋を綺麗に洗って、ショウガとねぎ、それとたっぷりの酒と砂糖を入れて煮ていく。ぶつぶつと沸騰したら灰汁を取って、煮込んでいく。今日は下ゆで程度で、明日本格的に味を入れていく予定だ。

キッチン周りを片付けていると、彼の今日の食事は？　と思い至る。帰宅の予定は明日で今日は何も用意していない。幸い時間はもう少し残っているし、材料も揃えてあるので何か作ろうと思えばある。

――だけど、声をかけるのもな。図々しいだろうか。

業務外といえば業務外のような気もする。しかし、食事作りを依頼されているのなら……と真世は悩みに悩んだ。本当はそそくさと帰りたいところだが、真面目な自分がそれを許してくれない。翔が悪い人ではないとわかっているが、声をかけるのはどうしたって勇気がいる。

――でも、情けない私を助けてくれたから。

少しでも恩を返したい。そんな思いがむくむくと湧いてくる。それでも勇気が出ず、頭の中で考えがぐるぐる巡る。

――えぇい。ままよ！

考えても時間だけが過ぎていく。真世は思い切り息を吸った。

「あの！」

「はい」

勢いだけが前に出て、大きな声になってしまった。しかし、翔は少しも動じる様子を見せず、私室の方から顔を出した。顔を見てしまうと、次の言葉がなかなか出てこない。しどろもどろしてしまう自分に普段はこんなんじゃないのよ！　と言い訳をしながら真世はなんとか言葉を絞り出していく。

「すみません、今日お帰りだとは知らなくて……あの、今日の食事はどうしますか？三食は無理ですが、何か」

「食べる」

最後まで言わせてもらえなかった。前のめりな答えに真世も、そしてなぜか翔も驚いている。

「か、かしこまりました」

「ごめん。めっちゃ食い意地張ってるみたいだな」

照れているのか口調が砕けている。それに、恥ずかしさをごまかすように口元を隠す仕草がとても可愛く思えてしまう。

「少しお待ちください。簡単ですがすぐ用意します」

込み上げてくる笑みを堪える。一瞬だけ息が漏れてしまったがバレていないだろう。よっぽどお腹が減っているんだなと真世はすぐに調理に取りかかる。明日の分を考えながら何を作ろうかと腕が鳴る。楽しみにしてくれているのであればなおさらだと真世はもう一度気を引き締めた。

◇◇◇

想像していたよりも若い子だった。丁寧な仕事と、落ち着いた字体からもっと年上の人を想像していたが、全然違っていた。おそらく自分よりも年下だろう。自分と顔を合わせた瞬間の驚きと怯えぶりに、隠密は姿を見られてはいけないかと笑ってしまったが、どうやら事情は違うようだ。

正直なところ、彼女と居合わせたときは面倒くさいと思ってしまった。歳が近いというだけで、何かしらの期待をされる。もちろん、恋愛面でということだ。

――だけど、なあ。

周りに粉をかけてくる女性が多いためか、少なからず警戒していた。けれども、相手からは全くそんな様子がない。きっちり仕事をこなし、必要以上の絡みはない。それに、先ほど背中を撫でたとき、丸まる体の小ささに恥ずかしながら驚いてしまった。周りにはしゃんと立って歩く女性が多く、それはそれで魅力的でかっこいいと思う。それと全く正反対の存在がいることに改めて気づかされてしまった面もあった。

――なんでこんなに気になってるのだろうか。

怯えられてしまった手前、まじまじと観察するのは憚られる。盗み見る程度に観察するしかないが、小柄ながらもあちこちてきぱきと動く姿が小動物を連想させて愛らしく思えた。仕事柄清潔感のある装いを心がけているのだろう。しっかり整えられた髪と、短く切りそろえられた小さな裸の爪すら可愛いなんて思ってしまった。血色のいい頬が緩み少し垂れた目が細まり、ぎこちない笑みを浮かべたときには堪えきれない庇護欲を抱いた。とても可愛らしい妙齢の女性と認識してしまった。

――我ながら考えがいやらしい。

季節が変わり、秋物を取り出しクリーニングが必要な夏物を整理しながらそんな感想を抱いた。キッチンの方から何かを作る音が聞こえてくる。食べた食事の味が思い出されて不本意ながら腹の虫が空腹を訴えてきた。本当は明日帰国の予定だったため今日の食事は何もない。おそらく今作っているものは明日の仕込みだろうし今日は何かデリバリーするか。と思っていたときだった。

「三食は無理ですが、何か」

おろおろした様子で声を詰まらせた彼女の口からその言葉が聞こえた瞬間、一も二もなく食べると返事をしていた。作ってもらった料理の味が忘れられない。自分でも驚くほどの勢いに、羞恥が込み上げてくる。ごまかすように口を手で覆うと、笑いをかみ殺したような声が聞こえた。それがまたさらに翔の恥ずかしさを助長した。クリーニングに出すものをひとまとめにし、繋がる寝室のドアを開けた。空気が流れ、清潔な寝具と柔らかな光が差し込んでいる。誘い込まれるように腰を下ろすと、まるで引っ張られるようにベッドに沈んでしまった。

「最高だ」

自分一人ではとうていここまでできない。金にものを言わせて甘えている自覚はあったが、快適な空間には代えられない。目を閉じるつもりなどさらさらなかったが、居心地のいいベッドが眠りに誘ってくる。

――少しだけ……。

政治情勢、機長の重圧、色恋を含んだ視線。そんな現実から逃れるように、翔はそっと目を閉じた。

「っ!」

がばりと体を起こす。勢いがよかったことと、緊張状態が続いていたせいか軽い頭痛がする。眠っていたと気づいた瞬間、やってしまったと後悔した。ほんの少しベッドの寝心地を味わうだけだったのにと知れずため息が漏れた。腕時計で時間を確認すると、一時間ほど経過している。

「やっちまった……」

着替えもせずに寝るなんてなんという体たらく。顔を手で覆い、立ち上がろうとしたとき、ふわりといい香りが鼻をくすぐった。

――ご飯の香り。

ぐう、と先ほどよりも空腹が激しく主張してくる。誘われるように立ち上がり、リビングに続くドアを開けた。

「あ、お疲れ様です。準備、できましたよ」

まず目に入ったのはエプロンを外す女性。まだ頭が完全に覚醒していないのか、誰だ？ と考え、あ、ハウスキーパーの人か。と勝手に自己完結する。

「準備……」

「はい。食事の支度です。お疲れのようだったので、軽めの物にしました」

「食事……」

口に出しつつも、頭の中で何度か反芻する。そこで初めて自分が食事を頼み、そして空腹であることを思い出した。

「では、報告書も書き終わりましたので帰ります」

「え、あぁ……」

一瞬、帰る？　なんで？　と漏れ出そうになった。しかし、彼女は仕事で来ているのであって、帰るのは当たり前だ。自分でも理解できない思考に、我ながら決まりの悪さを覚える。それを隠すように何かないかと話題を探す。

「うまそう……」

無理な話題転換は必要なかった。絶好の話題がテーブルに綺麗に並んでいた。見ただけでわかるほど香ばしくておいしそうな焼きおにぎりが二つ。隣には爽やかだが少し癖のある匂いのする吸い物椀。

「焼きおにぎりの一つは醤油味がついてます。そのまま食べてもいいですし、隣にあるみょうがのお吸い物をかけて茶漬け風もおすすめです」

「茶漬け」

翔の一言に報告書を書いていた顔を上げて、説明をしてくれる。

「いただきます」

一緒に置いてあったお茶を一気に飲み干し、言われた通り食べ始める。香ばしく焼けた醤油の匂いが空腹をさらに刺激し、唾液がじゅわりと浮かんできた。欲望に逆らうことなくおにぎりにかぶりつくと、想像した以上にうまみが口いっぱいに広がった。

これはただ醤油で焼いたおにぎりではない。

「……出汁の味が少しする？」

「あ、そうです。お出汁で炊きました。味に深みが出ますよね」

以前食べた炊き立てご飯もおいしかったが、これはこれで絶品だ。みょうがの吸い物も初めてだと、まずは一口。爽やかな香りが疲れを包み込んでくれる。

「はあ……」

拳を額に当てて、俯く。陳腐だが、うまい。と呟くしかなかった。

「体に染み渡った。ありがとう」

「いえ。体が資本のお仕事ですからね。頑張ってください」

「ありがとう」

「では、今日はこれで失礼します」

あっさりとした別れにどこか名残惜しく思ってしまう自分がいる。けれども先ほどのバカげた考えを追い払うように、翔は気にしないふりを装う。

「気をつけて。明日もお願いしているけど、大丈夫？」

「……あ、はい。だいじょう、ぶです」

一生懸命笑顔を浮かべているのが見え見えだ。こちらから断った方が彼女のためかもしれないが、この快適な空間と料理は捨てきれない。

担当変更しようか？　と言えばいいのかもしれない。けれども、翔は今この現実を手放したくなかった。何か事情があるのかもしれない。泥棒かと思ったとごまかしていたが、男性が苦手なんだろうと推測する。まな板で顔を隠したのは照れ隠しかと思っていた。けれども過呼吸に陥った様子や、声をかけたときの怯え具合、顔色の悪さなど、判断できる要素がいくつもある。世の中様々な仕事があるがハウスキーパーという職業上、地位のある人に従事することが多い。そこでのトラブルかと考えると、腹の奥がぐつぐつと煮えるような感覚が襲ってくる。

――相当嫌なことでもあったのだろうか。

地位や権力を振りかざす安っぽいやつらはいくらだっている。だからこそ、こうして誠実な女性が侵害されることは少なくないだろう。飛行機の中でもそうだ。誰がとは言わないが、軽視した言動は翔の中の正義が絶対に許さない。

「では、お待ちしてます」

「はい。では、また明日」

信頼してほしい。心の底から思った。ネットの口コミや、アプリ内での星査定ではなく、自分自身に評価させてほしい。

大丈夫と言ったんだ。自分はそこに甘えさせてもらう。少々意地悪な気もしたが、譲れなかった。

この薄暗い気持ちを知られないよう、翔はゆっくりと微笑んだ。

## ④小さなチョコレート一つで懐柔されま……せん

今日は思いがけないことがたくさんあった。依頼主にばったり会ってしまい、混乱してしまった。プロ失格と思いながら、真世は自己嫌悪に落ちいる。本来なら事務所に行って康人にアクシデントとして報告しなければならないが、そうなれば絶対に担当を外される。康人の物腰は穏やかだが、こうと決めたら絶対に譲らない。自分の信念をきっちり持っていて、真世は時々それに飲み込まれてしまう。面と向かって担当を変えると言われればそうするしかない。もう二度と会わない。自分のことを考えれば交代が一番いいはずなのに、真世は迷っていた。事務所の最寄り駅まで来たのに、どうにも足が進まない。歩み出そうとしては止めて……を繰り返し駅の構内から出られない。

——どうしてこんなに迷うんだろう。

自問自答するが返答はもちろんない。男の人と二人きりという空間は心身共に大きな負担だった。もう大丈夫かと思っていたが、それは大きな勘違いで……。

——でも、大丈夫だった。

落ち着いた声、的確な処置。自分に向けられた優しさ。あれが全て自分を油断させるための嘘だったならもう二度とこの仕事はできない。あとは、自分の作った空間を喜んでくれた、おいしそうにご飯を食べてくれた。

「……うん」

もう少し頑張ってみよう。そう決めて、真世はスマートフォンを取り出す。手近なカフェを探して店に入る。

人目につかないように一番端の席を選ぶ。なんでこんなにも緊張するのか。丸め込まれるという言い方が悪いが、面と向かって話す勇気はない。康人に繋がる電話番号をタップするとすぐに軽快な声が聞こえてくる。

『どうした？　今日はもう仕事終わりのはずだろ？』

穏やかな声に心が痛む。

今日あったことを隠しているわけにもいかない。真世は過呼吸になったことを隠しながら康人に報告した。

『じゃあ明日からは、担当交代だな』

やっぱり行かせるんじゃなかったとか、失敗したとか、本当にごめんと電話越しでも後悔が伝わってくる。結局は自分が行くと決めたのだから、康人が責任を感じる必要はない。

「いえ、大丈夫です。明日も行くとお伝えしたので」

『行かせたくない』

あまりに強い口調に、相変わらず優しいと思いつつやっぱり対面にしなくてよかった。面と向かって言われたら拒否できない。そう思っていると、もう一度『行かせない』とはっきり言われた。

「康人さん、ありがとうございます」

『もう電話切ってもいいか？　明日入れる人を探すから』

「いえ」

今度は真世が強い口調で遮る。

「私が行くと決めました」

『……どうしてそう思ったんだ？　具合、悪くなったりしたんじゃないのか？』

さすが親戚。鋭い。なんて思いながらも、真世はゆっくり言葉を繋いでいく。

「ちゃんとしたいんです。あの人は私の仕事を認めてくれました」

電話越しに息を呑む音が聞こえた。

『それでも、俺は行かせたくない。真世が嫌な思いをするならまだしも……』

「まだしも？」

含みを持たせた物言いは康人らしくない。今度は真世が詰め寄る番になってしまった。

『若い、男だろ？』

「……何かなると思ってます？」

絶対にないと言い切った後、翔がまっすぐ自分を見つめてお礼を言ってくれたことを思い出す。あのときの感情を今ならきちんと言葉にできる。

『いや、別にそんなこと思ってもいないが、万が一ってこともあるし……』

「嬉しかったんです。ちゃんと認めてもらって。私がしていることは間違ってなかったんだって」

きちんと言葉にすれば、怖い気持ちも吹き飛んでいく。ちゃんと自分の意見を言えたと安堵していると、電話口で聞いたことないような大きな声が響いた。

『そんなの！　俺だってちゃんと認めてる！』

聞いたこともないような声に、真世は思わずスマートフォンを耳から離した。

「康人さん？」

『あ、ああごめん。ちょっと色々考えることがあって……なあ、もしよかったらちゃんと話さない？　時間的にも夕飯時だし』

その提案に、いつもだったらお願いします！　と飛びつくところだ。外食の機会はそうなく、康人が連れて行ってくれるところに外れはない。けれども、今会ったら今度こそ丸め込まれてしまう。真世は自分の恐怖より、今日の喜びを大切にしたかった。

「いえ……せっかくですが、遠慮しておきます。では引き続きよろしくお願いいたします」

『あ、ちょ、真世』

そう言って電話を切る。最後の方、どこかの扉を開けるような音が聞こえてた。多分、真世が近くまで来ていることをわかっているのだろう。康人と自分はそれほどまでに付き合いが長い。

――ごめんなさい。でも、ちゃんとやりたいの。

恩を仇で返すような行為だが、真世は自分の信念を曲げたくなかった。逃げるように改札をくぐり、階段を上る。やってきた電車に飛び乗ることで、やっと一息つくことができた。

◇◇◇

「おはようございます。ひだまり家事代行サービスの持田です」

「はい。伺っておりますのでどうぞ左手奥のエレベーターからどうぞ」

一晩経ち、もし康人が社長権限を使ってキャンセルをしていたら！　と思ったのはマンションのエントランスに着いてからだった。恐る恐るコンシェルジュに確認するとどうやらそんなことはなく、とりあえず自分の意見が通ったことに心底安堵する。

――昨日はあんな態度取っちゃったけど、今度ちゃんと謝らないとな……。

それを考えると、自然とため息が漏れた。悪いことをしているつもりはないが、どうにも後ろめたさが残る。

――恩を仇で返すとはこのことかもしれない。

そんなことを思うと、胃の奥がぎゅうと締め付けられる。そのせいか朝食もあまりとれなかった。自分にしては珍しいと思いながらも、ストレスは最大の敵だと改めて思い知らされる。真世の鬱々とした気分とは裏腹に、エレベーターはぐんぐんと昇っていく。いつも通り、ドアが開く。

音……自分の生活になかった音があちこちから響いている。そうだ、家とは本来こういうもので、生活音が響く場所だった。空を求めて上ばかり見上げていたせいか、地に足をつけた生活を忘れていた気がする。

そんなことを思い出させてくれる音に、翔は身を任せる。自然と体の力が抜けて、ソファに体が沈んでいく。パソコンはもう役目を終わりとローテーブルに置いた。

ふう、と息を吐いて、穏やかな時間の流れを全身で感じる。両手をだらりとソファに預けて天井を見つめる。こんなに気持ちが落ち着いているのはいつぶりだろう。家の中に入ってもらったときもいたく感動したが、今はまた違う満足感に包まれていた。楽な体勢で落ち着いて後ろにもたれかかる。とんとん、くつくつ、ぱたぱた、かちゃかちゃ。自分以外の誰かが発する音と気配に翔は完全に身を任せていた。久しぶりにお茶でも淹れて読書でもしながら過ごしてみようか。余暇を楽しんでみようと思い始めたときだった。

「星野様」

気を抜いていた。かけられた声に、我に返る。

「っ」

力を抜いていた体がぴしりと伸びた。

「はい。何か」

「大体、終わりました。今日は料理だけだったので……」

そうだ。今日は短時間だけ依頼していたんだ。そう思い出して、もう終わってしまったことに心底がっかりしている自分がいた。キッチンを覗くと先ほどまで使用していたとは思えないほど綺麗になっている。

「まだ少し時間が余っていますが、何かありますか？」

「……っと、そう、だな」

些細なやり取りで慌ててしまう。少しでも居心地のいい空間を味わっていたくて翔は何かないか絞り出す。早く帰してあげたいという気持ちの反面、もう少しいてほしい。子供のようにわがままになってしまう。

とはいえ、掃除も洗濯も昨日のうちに済んでいる。どれもこれも完璧で口の出しようがない。

「何でもいいですよ。何でもおっしゃってください」

頬を緩ませてそんなことを言われると違う意味で勘違いしてしまいそうだ。浮かれた高校生のような思考に、翔はぐっと息を呑んだ。

——落ち着け。

気づかれないように小さく息を吐く。ちらりと視線を移すと、期待に満ちた目が自分を捉えていた。

「じゃあ、ちょっと付き合ってもらおうかな」

「え？」

少しばかり意趣返しをしたくなった。自分で勝手にそう思っているだけだが、やられっぱなしは性に合わない。むくむくと湧き出てきたいたずら心に翔は逆らわなかった。

「手伝ってほしいことがあるんだ」

「私にできることなら」

「よし。言質は取ったからね」

翔は仕事で培ったスマイルを浮かべる。そして、瞬時に怯えたように肩を竦めた彼女をまずはソファに座らせることから始めた。

◇◇◇

立派なカップに入った紅茶。震える手で持ち手を掴むと、ソーサーとぶつかってカチカチ音を鳴らした。

――なんでこんなことに。

残り時間で何かできるか聞いただけだったのに。普通ハウスキーパーに頼むことといえば家事関係だろうと勝手に思い込んでいた。

「仕事柄、色々もらったりするんだけど消費する機会がなくて。よかったら一緒に片付けてほしい」

そう言われた結果、適温の紅茶と綺麗に並んだ外国産のお菓子をいただくことになった。それらを提供する翔の動作は手慣れていた。

――この人、何でもできる人なんだろうな。

そんな完璧な人でも家の仕事が滞ってしまうのだ。少しでも力になれていたらいいなと思いながら真世はカップに口をつけた。

「おいしい！」

爽やかなシトラスの香りが鼻いっぱいに抜けた後、もったりとしたバニラの甘いフレーバーが鼻腔に残る。重厚な味わいながらも、くどくない、後味はすっきりとした紅茶だった。初めての味に、真世は素直に驚きを口にした。

「よかった。確かフランスのメーカーだったかな」

そう言って翔が紅茶の缶を見せてくれる。トルコブルーに白い花が散りばめられていて、見ているだけで楽しくなってしまう。

「フランス、行ったことないですけど……こんな素敵なものがたくさん並んだお店とかたくさんあるんでしょうね」

紅茶一杯で口が軽くなったようだ。異国情緒溢れる香りを堪能しながらうっとり言葉を紡ぐ。真世は見た目も味も美しい缶を眺めながらこの時間を楽しんでいた。

「そうだね。行ってみるとあちこち目移りするかもね」

「やっぱりお仕事柄、色々覗いてくるんですか？」

「う〜ん、まあ多少はね。付き合いで行くことはあるけど俺は公園とかホテルでぼーっとしてることが多いかな」

意外。アクティブにあちこち回っていそうなのに。心の中でそっと思うにとどめた。

「空を」

「空？」

翔が左を指さす。視線で追った先には大きな窓から覗く、秋らしい澄んだ青空が広がっていた。

「空を見るのが好きなんだ。絶対同じ色はなくて、風の強さや気温で全然違う。昔からずっと変わらず空が好きなんだ」

好きなんだ。そう言った翔の目がキラキラと輝いている。まるで夢を語る子供のように澄んでいて、真世はその目に見惚れてしまう。

「だからパイロットに？」

「そう。どうやったら空に一番近づけるか。考えて選んだ結果かな」

「そうなんですね……」

言葉の力強さを感じる。しっかりとした信念のもと仕事を選んでいる翔に真世は素直に好感を持つ。

「でもさ」

こくんと紅茶を飲み込んだところで澄んだ目が真世を捉えた。

「空ばっかり見上げて、大切なこと忘れるとこだったから」

「大切なこと」

先ほどからオウム返しばかりしている。けれども、翔の話し方、声のトーン、内容、全てが真世を惹きつける。

「上ばっか向いてて、自分の大切な地盤をないがしろにしてたから」

「それって……」

「でしょうね。では、また」

受け取ってしまったチョコレートを返す暇も与えてもらえない。戸惑いを口にするが、完全に翔のペースに乗せられてしまった。

「ほら、電話。また鳴ってる」

「え？　あ、本当だ」

終業連絡はしたはずなのに。全く気づかなかったと真世は慌ててバッグを担いだ。

「お疲れ様。持田さんのご飯、楽しみに食べます」

「あ、は、はい……」

本当に嬉しそうに微笑んでくれるので、真世はまた言葉にできない気持ちに包まれる。仕事を認めてくれるからこその言葉だとわかっているのに笑顔や物言いや態度に勘違いしてしまいそうになるのだ。

——でもきっとこれは私だけじゃないはず。

他の人にも同じようにしているはずだ。自分は恩恵に与っているに過ぎないと暗示をかけるように何度も言い聞かせる。

「気をつけて帰ってね」

「では、本日もご利用ありがとうございました」

いつも通り締めの挨拶を口にして頭を下げる。ありがとうぐらい言ってもらえるかと勝手に期待していたが何も聞こえない。そろそろと顔を上げると、なぜか視線を逸らされた。

「そうだ、仕事、だよな」

「星野様？」

「ああ、違う。こっちの話。ごめん」

真世と同じように翔も何かを言い聞かせるように呟いている。疑問に思いつつも、何か事情があるんだろうとすぐに納得した。そのままドアを開けて帰ろうとしたところ、背中に声がかかった。

「……気をつけてね」

「はい。ありがとうございます」

最後は笑顔をモットーに、真世は口角を上げた。見送りにまで来てもらって律儀な人だなと思いながらも、気持ちはもう次の仕事に方向転換していた。未だに電話は鳴りやまないが、私宅で話すわけにもいかない。

――心配性だな。

と、康人の優しさに感謝しながらも、早く大丈夫だったことを伝えたい。昔のこと

「……」

――あれ、私もしかして墓穴を掘ったのでは？

混乱の真っただ中に放り込まれ、真世は考えがまとまらなくなる。

「持田さん」

名前を呼ぶ声に、真世の動きが停止する。声のした方に目を向けると、また視線が絡み合った。

「……少しずつ距離を詰めてきたつもりだったんだけど」

「きょ、距離」

「持田さんだって悪くは思っていないはずだ」

なんという自信！　しかし、言葉とは裏腹に緊張したように眉間に皺が寄っている。

「君が嫌がるならもうここに来てとは言えない」

「っ、な……」

何を。と今度は真世が緊張する番だった。今までの時間は楽しかった。この仕事をしていれば担当替えなどしょっちゅうある。今回もそこに当てはめればいいだけなのに、真世の頭の中には少年のように楽しそうに笑う翔が浮かんでいた。自分が生活の一端を担い、翔の助けになっていることは真世にとって自尊心が満たされることでもあった。それに、毎回翔が在宅時には必ず確認してくれる。少しでも誠実であろうとする彼の態度や行動を好ましく思っている。

——それがすっかりなくなるなんて。

「今月は俺、ほとんどフライトでいないんだ。クリスマスシーズンがやってくると結構忙しくなる。年末年始はイタリアだし、会える機会が減る」

もう年末年始の話。出会ったのは暑さが残る秋の始まりのころ。それから季節が変わりすでに冬の装いを見せ始めていた。

時間にしては数か月だが、会えた日は両手で足りる程度。そんな細い繋がりだったが、翔が踏み込んだことで変化が訪れていた。

「少ない会える機会を無駄にしたくないって思ったんだ」

自分にそんな価値があるのか。瞬時に浮かんだ思いはそれだった。力強い目で見つめられて身動きが取れない。

これだけまっすぐに気持ちを伝えられるとどうしたって心が揺れ動く。

「どうして、私なんか」

優秀な人だ。賢く、優しく、社会的地位のある人がどうして。自分を卑下するわけではないが、そんな思いが漏れ出てしまう。

「なんかってのは好きじゃないな」

「っ」

「君はね、わかってないんだよ」

いつもおしゃべりする距離と同じくらいだが、言葉の圧と翔の気持ちがダイレクトに伝わってきて囲い込まれているような錯覚に落ちいる。

「どれほど安らぎを与えてもらっているか。それが俺にとってどれだけ重要か」

「安らぎ」

家事ができる人なら誰でもとさらに自分を卑下する考えが浮かんだときだった。

「家事ってのはやって当たり前だと思われがちだけど、そうじゃないんだよな。生活の基盤であって、そこが崩れると絶対に仕事にも精神にも影響を及ぼしてくる。そのどれもが大切で欠かせないってのを思い出させてくれた」

ねえ、気づいてた？　翔がそう続ける。

「俺、持田さんが家に入るようになってから掃除とか空気の入れ替えとか自炊とかちょっと頑張ったんだよ」

部屋が少しずつ整っているのは少し前から気づいていた。それが嬉しくもあり、自分の力が必要なくなってきたのかもしれないと寂しくなったのも記憶に新しい。真世はゆっくり頷く。

「よかった。褒められたくて頑張ったかいがあった」

「褒められたい？」

一瞬言葉の意味がわからなくてぱちぱちと瞬きをする。子供のような考えに自然と笑いが声になって零れていく。

「あ、笑った」

「ふ、ふふ。だって褒められたかったんですか？」

大の大人が？　私に？　とにかくおかしくて、そんな思いと一緒に笑いが漏れ出てしまう。

「そうだよ。仕事忙しいのに頑張ったんだ」

「ん、ふふ。それはとっても頑張りましたね」

望む通り誉め言葉を口にすると、翔が少し照れたように頭をがりがりと掻き始める。

「なんだかバカにされてる？」

「ふ、っふふ、んふっ。そんなことないですよ」

笑っているせいで説得力がない。それでもツボにはまってしまい、堪えることができない。

「家事ができるからとかじゃないよ。君が来てくれたから。別に恋人になってほしいとかじゃない。君が嫌がることは絶対しないから」

「……星野様」

今、自分たちは仕事の関係を抜け出せていない。内面をさらけ出すような関係でもないため『様』をつけなければいけない。

――私、今それをもどかしいって思ってしまった。

そんなやましい思いを顔に出さないように、真世はさっと翔から視線を逸らした。

「来週の金曜日、君の最終時間の予約をもらいたい」

「ひえ……」

笑ったり恥ずかしがったり疑ったり戸惑ったり。色々な感情がいっぺんにやってきて辛い。真世は叫びにも近い声が漏れ出てしまう。

「よ、やくは自由です」

「今まではなるべく午前中や昼間頼むようにしていたんだよ」

「知ってます……私に気を使ってくれてたんだなって……」

いつも明るくて澄んだ空を見上げていた。翔が言ったことに気づいたのはいつだったか。真世は翔の気遣いを存分に享受していた。

「気づいてたならよかった。さて、意識してもらったことだし」

ウォームアップでもするかのように、翔がぐっと腕を伸ばす。そしてそのまま真世の背中をとん、と押した。

「難しく考えないで。一緒に食事をしようっていうお誘いだから。嫌ならキャンセル。なんとか持田さんを諦めるよう努力はする」

「……」

諦める。キャンセル。今翔は真世に逃げ道を用意してくれた。

「では、また来週会えることを祈ってる」

背中を押されたことで、玄関の外に出てしまった。それだけ告げた翔が何の未練もないようにドアを閉めた。

「え、ええ」

真世に全て判断を委ねられた。急な展開に気持ちがついていかない。

「来週の金曜……」

そこまで考える時間を与えてくれたことに感謝すべきなのか。

——私は、どうしたいんだろう。

迷っている時点でもう答えは出ているのかもしれない。

## ⑥手を繋いで、夜空の下へ

「よっお待たせ」

ドアが永遠に開かなければいいのに。そう願ってしまうのは薄情なのかもしれない。今日は事務所に寄っていた。のらりくらりと躱していたが、ついに逃げ切れなくなってしまった。それもそうだろう。定期的に程度顔を出していたのに、全く行かなくなれば他のスタッフにだって心配される。

『最近真世ちゃん見ないけど、忙しいの？　ここならいなら代わりに行けるから言ってね？』

『忙しいの？　それなら私たちが代われるところある？』

などなど。他のスタッフから心配する連絡が相次いだ。そして、最後に『みんな待ってるよ』なんて付け加えられると良心が痛む。今までは事務所に行った日は居合わせた人たちとお茶をするのが日課だったため急に真世が来なくなれば不審に思うだろう。

良心の呵責に耐えきれなくなり、真世は今日事務所の敷居をまたいだ。翔との繋がりが後ろめたいせいか高い敷居なうえ、事前に他のスタッフには行くと伝えていたのに、いたのは社長の康人だけだった。電話対応していたため出直そうかと思ったが、待っていろとソファを指さされて帰るタイミングを逃した。

そして今、真世は優雅に茶をすする康人の前で借りてきた猫のごとく縮こまっていた。

「最近どうだ？　みんな心配してた」

「あ～、えっと、すみません。仕事は多分、うまくいってます」

「そう」

ことん、とマグカップがテーブルにぶつかる音が響くほど、真世と康人は沈黙に包まれていた。どうしてこんなに気まずいのだろう。前はそんなことなかったのに……と思い返す過去が随分前のような気がしてならない。

「うまくいってるならいいんだ。あのときみたいに苦しい思いをしてるかどうか心配だったから」

「……すみません。迷惑ばっかりかけて」

あのとき。過去をほじくり返されて、真世は益々体を縮こませた。大学から続けていたバイトの延長としてハウスキーパーの職について一年経ったところだった。ある独身男性の家に入った際、襲われかけたことがあった。そのとき依頼主は酒に酔っていて離婚した妻が帰ってきたと勘違いしてしまったようだ。すぐに過ちに気づいて謝罪してくれたため大事には至らなかったが真世の心には小さな傷が残った。そして、しばらく独身男性の家には入らずに様子を見ていたときに事故は起こってしまった。

都内の一軒家の夫婦から依頼があり、真世が担当になった。妻は基本的には在宅だが時々習い事やランチに出かけることがある。しばらく入るうちに、妻の方が俳句教室に通い始め真世が勤務の時間に定期的に出かけるようになった。不在で仕事に入ることはしょっちゅうあるため真世は何も考えずにいつものように仕事に向かった。すると、聞き覚えのない声が二つ。部屋に入った瞬間わかる艶めかしい雰囲気に、真世はすぐにパニックになってしまった。すぐに真世の存在に気づかれ、二階の部屋から下りてきたのは家の主だった。その後ろから想像した通り、妻とは違う女性が下りてきた。

家の主人は妻が不在を理由に、家に別の女性を連れ込んでいたのだ。

「チッ。家政婦か」

吐き捨てられるような言葉に思考はマヒするが、染みついた習慣のおかげかなんとか仕事をこなすことができた。それから真世の地獄が始まった。

『人の家に入って何もないって言えるの？』

『こんなに若いのに、家政婦なんて……訳アリ？』

『真世ちゃんがいると、なんだか俺の奥さんみたいだね』

真世が仕事に行くたび、男性が家にいるようになっていった。投げかけられる言葉をなんとか流して業務に集中していたが、雷が鳴る不穏な日、ついに男性が一線を越えようとしてきた。その瞬間、以前別の男性に襲われたことが蘇りパニック発作のようなものを起こしてしまう。あまりにおかしい真世の姿を見て男性が驚いたとき、妻が帰宅した。たまたま俳句教室の先生に急用ができたため早い帰宅となったらしい。疑われても仕方ない光景だったが、真世の様子に自分の夫が襲ったと理解してくれた。

そこからのことはあまり覚えていない。口外しないでほしいという約束のもと、真世に慰謝料のようなものを支払いこの件は終了となった。続いた無体によって、真世は仕事に制限が出てしまった。それでも辞めなかったのはやはりこの仕事が好きだったから。過去の出来事で首を切られてもおかしくないはずだが、康人はなおも真世を雇い続けてくれる。感謝してもしきれない。

久しく思い出さなかった過去を反芻し、真世は康人に頭を下げる。

「いや、そんなことしてほしくて来てもらったわけじゃないから。真世が……うまくやっているならいいんだ。ほら、結構定期的にあの家に入ってるから」

そう口にした後、康人は口を閉ざした。何か言おうと思ってもどう話を続けたらいいかわからない。

「……何かあったらいつでも頼っていいから」

「はい。いつもすみません」

「違うだろ。なんて言うんだ？」

「ありがとう、だね」

親類ならではの気安さと優しさに真世はわかりやすく安堵した。今まで後ろめたくて避けてしまっていたが、そんな自分が幼稚に思えるほどの大きな愛情だ。

「康人さんは、ほんとおっきな愛を持ってますよね」

「……まあ、な。ビッグラブだ」

発音よく口にするビッグラブは、真世の笑いを誘った。本当に感謝してもしきれない。康人のビッグラブを全身に浴びて、張り詰めていた気持ちが少しずつ緩んでいく。

「まあ、無理はするなよ。真世ももう大人だから自分で考えているだろうけど」

「はい。ありがとうございます」

最後のお小言はいつものこと。今度は言葉選びに失敗しなかった。なんとかなったことにホッとしながら、真世はゆっくりカップに口をつけた。

◇◇◇

ヒースロー空港からの帰航便はやや荒れた。冬が近づいてくると天候に左右されやすくフライト時間にロスが出やすい。気流が乱れる場合もあれば、視界不良になることもある。ある程度の自動制御は可能だが最後はやはりパイロットの腕にかかっている。

「今日は少し荒れてました？」

一緒に飛行機に乗っていた清野が声をかけてくる。荒れていると感じさせないように気を配ったつもりだったがベテランにはわかってしまったようだ。

「バレたか。さすがだな」

「長年の付き合いですからね。外も大分荒れてましたし、苦労してるだろうなって」

この口ぶりだと、乗客にはバレていなさそうだ。実際ヒヤッとする場面がいくつかあったが、自分の判断と経験に助けられた。

「清野には隠し通せないな」

——あれ、俺今何を。

小さな体がすっぽりと自分の胸に収まっている。自分のためにあるのではと思うようなサイズで、つむじの見える小さな頭に頬ずりをしたいくらいだった。

「っ、ごめん！」

ついでに香りも堪能してしまおうか。そんな不埒な考えが浮かんだとき、翔は閉じていた両手を勢いよく広げて声を大にして謝罪した。

「ごめん、本当にごめん。疲れて帰ってきて君がいて、浮かれてたんだと思う。許可なく体に触るなんて許されないことだろうけど……」

ここまで気を付けてきたくせに最後の最後で大失敗をしてしまった。絶対に嫌われた。ああ、終わった。と思っていると、小さな笑い声が聞こえてきた。

「ふ、ふふ」

「……？」

「随分気の抜けたただいま～でしたね」

あれ？　そこ？　と、翔は肩の力が抜ける。

「え、と」

「んふ、ふふっ」

意外と笑いの沸点が低いのだな。と回らない頭でそんなことを考える。楽しそうな姿に初日の怯えはない。過呼吸に陥った際、顔も真っ青だったことをよく覚えている。頬が少し赤らんでいるため、怖がっていたり辛そうだったりする姿は見られない。

「そんなに気が抜けてたかな?」

やっと見つけた言葉はなんとも情けないものだ。それでも真世は笑みを絶やさず何度も頷いた。

「弟が部活ですごく疲れてたときと同じでした」

「あ～……カレーの匂いがして、家を思い出した」

「わかります。帰ってくる途中でカレーの匂いがすると幸せになりますよね」

翔が落とした鞄を真世が拾う。それを受け取って並んで廊下を歩くと自分たちは夫婦なんじゃないかと勘違いしそうになってしまう。

「あ、それはそうと、本当にごめん。抱きしめたりして……」

楽しそうにしてくれるからうやむやにしてしまうところだった。翔は改めて謝罪の言葉を口にすると、真世はぴたりと足を止めた。

「……きょう、は」

耳を澄まさないと聞こえない声だ。翔は少し首を傾げて声に集中する。

「もう、仕事は終わってるんで……ぷ、プライベートで来てるから」

「来てるから？」

考えるよりも先に続きを促してしまった。しまったと思ったが、少し下で顔を真っ赤にしている彼女がいる。その反応だけで気持ちが十分伝わってきた。

「いい匂いがする。例のスパイス？」

「あ、はい。そうです。あんまり使ったことがないものだったから、色々試したりして結局タンドリーチキンもどきにしてみました」

試して、なんて言っているが顔はとても楽しそうだ。なるほど、やはり家事に関するものに関心が深いようだ。次回外に出たときには地元のスーパーも覗いてみよう。何か新しい調味料があるかもしれない。翔はニコニコ笑いながら料理の説明をする彼女……と考えて、下の名前を知らないことに今更気づいた。

「ねえ」

「はい？」

「ごめん、今更だけど持田さんの下の名前、教えてもらえる？」

翔の問いかけに、ハッと驚いたように口に手を当てた。

「すみません、私、真世っていいます。改まって自己紹介するのって照れますね」

真世、真世。翔は心の中で何度も名前を呼ぶ。口に出して呼ぶ許可はまだもらっていない。心の中で紡ぐにとどめて、翔はにこりと笑みを浮かべる。

「仕事外だからね。少しずつ知っていこうか」

気まずそうにする真世の背中にそっと手を当てようとした。けれども、触れる直前で翔はその動きを止めた。先ほどは思い切り抱きしめてしまったが、簡単に触れていい関係ではない。ぐっと手を握り締めて、触れたい衝動を抑える。

「どうかしました？」

「うん？　何でもないよ。温かいうちに食べたいな」

もう少し、もう少し。焦ってはいけない。自分に言い聞かせながら翔は先に歩みを進める。隣には並ばず、後ろをしずしずと着いてくるその姿は今の自分たちの関係を表しているようだった。

――隣に並んで、君の笑顔が見たい。

そんな願いをぐっと押し込めて、翔はリビングのドアを開けて真世を中に招き入れた。

もらったスパイスは強い辛みがあるものの、鼻から抜ける爽やかな清涼感が癖になるものだった。肉にも魚にもよく合う万能スパイスだった。

「うまい！　自分で買ってきてなんだけど、なかなかいい買い物をしたかな」

いつもだったら食事を用意して、帰宅する。けれども今日は向き合って食事を共にしている。

——不思議だ。

いつもは作り置きして終わりで、のちにあれがおいしかったと言われることはたくさんあった。面と向かって感想を言ってもらえると喜びもひとしおだ。

「ありがとう、ございます」

「ご飯はガーリックライス？　チキンとよく合うしこのトマトスープもおいしい」

「はい。いつも和食ですけど、たまにはと思って」

◇◇◇

不思議だ。真世はもう一度心の中で呟く。散々悩んで悩んで今日ここに来ることを選んだ。仕事の関係を超えてしまうことはご法度だ。けれども、もう二度と翔に会えないという事実が真世を苛んだ。心がぎゅうっと締め付けられるような痛みは、想像以上に真世を苦しめた。

「ほんと何でもうまい。さっきも思ったけど、探求心が素晴らしいね」

「どうせなら、おいしい方が得じゃないですか？」

会ってしまったら何か変わってしまう。そのことで今日一日心臓が飛び出しそうなくらい緊張していたが、今はすっかり肩の力も抜けている。

「そうだよな。飲み物とか買いにあっちのスーパーとか行くことあるけど表示を見ても何に使えばいいか想像がつかない」

「それは私も悩んだことがあって、我流だと限界があるんですよね。だから学校で調理学を学んで……」

自分に合わせた会話をしてくれるとわかっているが、話がぽんぽんと進んでいく。

――楽しい。

素直にそう思えた。いつも楽しいと思っていたが、今日は特別楽しい。誰かと食卓を囲み、他愛のないおしゃべりをする。しかも家族以外の人と。真世にとってはどれもこれもが新鮮で、たまらなかった。

「おかわりある？」

「あ、はい」

真世が立ち上がろうと腰を上げた。すると、翔が手で制した。立ち上がろうとテーブルについた手をそのまま、真世はゆっくり腰を下ろした。

「自分でやるよ。仕事じゃないんだろう？」

ぱちん、とウインクが飛んでくる。芸能人ばりの仕草に驚きのあまり真世は目を瞬かせた。

「仕事じゃない」

「そう。おうちデートってやつだ」

「……おうちでーと」

デート？　デート？　真世の頭の中に聞きなれない言葉が駆け巡る。

「ちょっとイイ感じの男女二人が一緒に食事をしたらデートだろう？」

ちょっとイイ感じ。男女二人。またわからない言葉が頭の中を駆け巡った。顔に一気に熱が集まって、自分でも驚くくらい顔が真っ赤になっているだろう。ちらりと台所の方に目を向けると、翔が片方の目だけ細めて口角を上げていた。真世はその瞬間全てを理解した。その意地悪げな顔が全てを物語っていた。

「か、からかってますね」

「からかい半分、本気半分」

ひっ、と真世は息を呑む。じわじわと追い込まれていってもう逃げ場がない。けれども翔は引き際も絶対見逃さないのだ。

「さて、早く食べちゃおう」

「……」

こうしてうまいこと話題を変えてくれる。真世の経験値の低さなどすっかり見抜かれているようだった。こんなときはどう振る舞えばいいのかさっぱりわからない。あまりにも難解であるため真世は素直に従うしかない。

少し辛みの強いタンドリーチキン、野菜たっぷりトマトスープとガーリックライス。普段あまり作らない食事で少し心配だったがおいしくできた。などと自画自賛していると視線を感じた。そろりと顔を上げると肘杖をついている翔がじっとこちらを見ていた。淡い笑みを浮かべていて、真世はたまらず視線を逸らした。

「綺麗な食べ方だね」

「綺麗」

「うん。綺麗だなって思ってたら目が離せなくて」

小さなころから教わったことを実践しているだけだ。特にお箸の使い方だけはみっちり躾けられた。改めて褒められるのは家族が褒められているような気がして嬉しい。

「おばあちゃんとおじいちゃんに、みっちり教えられてたので」

食事の所作には本当に厳しかった。とは言っても肘をついて食べないことや迷い箸、舐り箸など基本的なことについてだ。ただ努力したこともあり、褒められて悪い気はしなかった。

「そっかあ。誰かと食べるのが久しぶりだから、まじまじ観察してたみたいだ」

「そうなんですか?」

完全な偏見かもしれないが、仕事柄色々な人と食事に行っているイメージだ。

「仕事柄合コンとかよくしてそうって言われるけど。俺はあんまり行かないな」

「っ」

心を読まれたのか。真世はわかりやすく目を真ん丸にしてしまった。

「っ、ふ、ふふ。全部顔に出てる」

「う、だって……」

「人目に付くような仕事だからね。派手な行いの人もいるけど」

まるで自分は違うとでもいう態度。けれども今までの翔を見ていればそれが本当かどうかなんてすぐわかる。

「片付けは俺がやるよ。座ってて」

「え！　でも」

「作ってもらったんだから、片付けするのは当たり前だから」

食べ終わった皿をひょいひょい、と持っていって片付けを始めていく。手伝おうと立ち上がってもうまいことソファに促される。案内されたソファは相変わらずふかふかでまだ座り慣れない。

「テレビでも見て休んでて」

「わ、わかりました」

食べたら解散かと思っていたため、この展開は想像していなかった。

――いつ帰ればいいのかな……

かちゃかちゃと皿を片付ける音がテレビの音声と混ざる。慣れない環境に真世は所在なさげにテレビに視線を移す。

『今、代々森公園で開かれているクリスマスマーケットに来ています。見てください。三万個のＬＥＤ電球で飾られたイルミネーションが出迎えてくれます』

ちょうど夜のニュース特集の時間だったようだ。キラキラきらめくイルミネーションのトンネルをくぐると一気に景色が開けた。アナウンサーが色々な店を紹介してい

ことをしたのかと聞かれれば、おいしいものを食べてほしかったという真世のエゴだ。

「……ごめん、焦った自覚はある。今すぐじゃなくていいから。お茶でも淹れよう」

何も言えないでいると、翔はその空気を察した。ソファから立ち上がり、左に感じていた重みがなくなる。たったそれだけだったが、近くにいた存在を感じられなくなり、心にぽっかり穴が開いたような虚無感を覚えた。翔は今までと同じように話題を変えようとしてくれた。真世のことを思ってくれてだろう。いつもならその優しさに甘えてしまうところだが、このときばかりはそうしなかった。

「あの」

立ち上がった翔の裾を引っ張る。真世が一歩前に進むと想像してなかったのだろうか。翔はわかりやすくぎくりと体をこわばらせた。あまりにも大胆すぎたかと一瞬後悔しかけたが、甘えてばかりの自分ではいたくなかった。

「私、今日清水《きよみず》の舞台から飛び降りる気持ちでここに来てて」

正直に言えば楽しみと思う気持ちの裏に残る恐怖を隠せなかった。心の中だけで思うだけでは相手に伝わらない。ゆっくり深呼吸をして翔と視線を合わせる。

「会いたいって思ったんです」

「っ」

真世に感情が顔に出るなんて言っていたが、翔も同じだ。信じられないと驚いたばかり目を見開いて固まってしまっている。

「いつも、私のこと考えてくれているってわかってるんです。でも今日だけはちゃんと……」

続きを伝えたくても感極まってしまい、何も言えなくなってしまう。唇が震えてうまく次が出てこない。何せ真世は恋に疎い。学生時代の淡い恋なら経験があるが、大人になってからは一切ない。自分の気持ちを伝えることもこれが初めてだ。言葉が詰まり、沈黙が流れる。

それでも、今自分の言葉で伝えなければここに来た意味がない。重なった視線から逃げ出さないようにもう一度翔を見つめた。

「自分で考えて、会いたいって思ったからここにいるんです」

言い切った後、わかりやすく大きく息を吐く。

「ありがとう」

どうしたらいいかと混乱していると、優しい温もりに包まれた。先ほど玄関で感じたものよりずっと強く抱きしめられている。

「君のこと……真世さんのこと考えているふりして自分が逃げてただけかもしれな

い」

「逃げていた……？」

「そう。真世さんが少しでも自分に警戒してたり困ったなって顔をしたらそれ以上踏み込むのを止めたりしてたから。君のことを思っていると言えば聞こえはいいかもしれないが、結局は真世さんに言わせてしまった」

反省、と零して翔が小さく息を吐く。その吐息が肌をくすぐり、嬉しいやら恥ずかしいやらで真世は返す言葉を失った。

これ以上ないくらいきつく抱きしめられている。けれども、全然苦しくない。迷いながらも真世は大きな背中にそっと手を回す。

「アプリを通してじゃないと会えないことにずっと虚しさを感じていた。仕事以外のことで話をしたいし、デートにも誘って……都合が合えばでいいから、ＯＫをもらいたい」

「……私なんて、そんな価値あるのでしょうか」

「そんなこと言ったら俺だって君の隣に並べる価値があるか自信がないよ」

そんなこと。と真世は翔の胸の中で首を横に振る。すると体が少し震えていて、笑っていると伝わってきた。そんな振動に交じって翔の心音が肌を通して伝わってくる。

少し速い鼓動を感じることができるくらい少し余裕が出てきたときだった。

「好きだよ」

シンプルで力強い言葉が頭上に落ちてくる。驚きが勝り、真世は思わず甘い拘束から逃げてしまった。

「っ、す、すき」

「そう。ちゃんと伝えたかったから」

回りくどい方法でしか自分の思いを口にできない真世と違い、翔はまっすぐに思いを伝えてくる。甘い囁き声に乗せられた思いが、心の中にじんわりと広がっていく。

思いは同じはずなのに、真世は言葉に詰まって返事もできないでいた。

「まーよさん」

「は、い」

やっとの思いで絞り出した返事は震えていた。嬉しくて嬉しくてたまらないはずなのに、感極まると人は何もできなくなってしまう。追い打ちとばかりに涙が一つ、二つを目尻から零れ落ちてくる。

「泣かしたいわけじゃないんだけどなあ」

「すみま、せ」

そっと体が離れていって、二人の間に空間ができる。それがあまりにも寂しくて真世は無意識のうちに手を伸ばしていた。

「……」

「……」

翔を追いかけて、思い切り抱きしめてしまった。抱き着いて温もりが伝わってきたとき、初めて自分の行動に気づいてしまった。

「真世さんも離れがたい？」

「……すみません」

そろそろと離れると、翔が体を震わせて笑っていた。

「これからはいつでも一緒にいられるね」

「ソウデスネ……」

一歩、二歩、と前倣えのポーズで離れていく。恥ずかしさで翔の顔を見られない。

「さて、からかうのはこのくらいにして、出かけようか」

「え？」

「デート。これからは家の中だけじゃなくて外でも一緒にいられるんでしょ？」

「そ、そういうことになりますね」

「クリスマスマーケット。当日忙しい二人だから、楽しもう？」

そう言って翔は真世の手を握ってきた。自分の手と翔の間で視線を行ったり来たりさせながらも答えはもう決まっていた。

「はい……行きたい、です」

よし、と小さなガッツポーズと共に、翔が支度を始める。

「帰りは送っていくから、支度して」

「いえ、そこまでは……」

「夜道は危ないでしょ？　それとも彼氏に送らせたくない？」

「かっ、かれ……」

彼氏。改めて言葉にされると困惑が勝ってしまう。一日の中で色々起こりすぎて、追い付いていかない。

「手を繋いで歩きたいんだ」

「て……ですか？」

「そう。浮かれてるって笑う？」

「っ、そんなこと」

勢いよくぶんぶんと首を横に振ると、「よかった」と翔が胸を撫で下ろした。

がっかりさせてしまっただろうか。けれども、何でも翔に買ってもらうというのは気が引ける。それを隠したまま一緒にいるのは自立した真世にとっては苦痛以外の何物でもない。

「いや、俺が自分勝手すぎたから。あ、もう冷めてきた。飲めそう？」

「あ、そうですね」

気を使わせてしまったことに後ろめたさを感じつつも、真世は促されるままカップに口をつける。アルコール臭もほとんどなく、オリエンタルな香りが鼻腔をくすぐった。そのままゆっくり流し込むと、ワイン特有の渋みもなく、ほんのり甘くて飲みやすかった。

「おいしい！」

「ほんとだ」

「甘みがちょうどいいですね！　これはどんどん行けちゃいそう」

真世はその勢いのまま、もう一口、もう一口、と運んでいく。

「アルコールが飛んでいるとはいえ、ワインだからね。飲みすぎないように」

「はーい」

飲んだ瞬間から、腹部を中心にじんわりじんわり熱が広がっていく。体の内側からぽかぽか温まっていき、気分も上昇してくる。

「はあ〜……おいしいですね。ちょっとオリエンタルな風味がするのは八角が入ってるからですかね。中華料理のイメージでしたけど、こんな使い方もあるんですね」

「さすが。味や風味については詳しいね」

誉め言葉と受け取り、真世は口元を緩ませた。

「そういえば、昔台湾《たいわん》に行った友達からカップラーメンをもらったんですよ。現地の」

「へえ。俺は食べたことないかも」

「見た目は完全に日本のと一緒なんです。でも、表示が全部漢字だからうっすらとしかわからなくて。食べたらもう全面に八角〜〜〜！　ってなってびっくりしました」

こうしてスパイス程度として入っているのであれば問題ないが、あれほど八角がアピールされると正直辛い。そんな思い出が蘇ったのと楽しさとほんの少しのアルコールが真世を饒舌にさせる。

「あとで友達に聞いたら、後乗せスパイスだったらしくて、調整しないとダメだよって言われちゃいました」

「海外料理あるあるっぽいね」

「翔さんは仕事柄あちこち行くじゃないですか。飲みに行ったり食べに行ったり……色々なところ、知ってるんじゃないですか？」

食べ物に関して真世は興味津々だった。どんなものを食べ歩いているのか気になると質問すれば、そうだなあと考える素振りを見せる。

「あちこち行っておいしいものも知っているけど、駆け出しのころオーストラリアに行ってしばらく滞在したことがあったんだ。和食も中華もあるから全然事足りるんだが、米が合わなくてね」

「こめ」

「そう。ご飯。炊き立てのホッカホカのご飯が食べたくて辛かったなあ」

炊き立てのご飯は正義。力強く訴えられる。もちろんその通りだと大きく首を縦に振ると、同じタイミングで笑いが零れた。

「何か食べる？　ホットドッグもあるよ。一個無理そうなら半分こでもいいし」

「それなら……」

「じゃあ待ってて」

フットワークが軽いのか、もう背中しか見えない。荷物を置いていっているためついていくこともできない。真世は肘をついて手のひらに顔を預ける。小さくなっていく背中を見つめていると、人ごみの中に紛れてしまった。

どこに行ったのだろうと辺りをきょろきょろ見渡していると、色々な人が目に入る。家族、恋人、友人。スマートフォンをかざしてイルミネーションを撮影している人もいる。あまりこうしてイベントに参加することがないため、新鮮で仕方がない。

その中に、男女数人の目立つグループがある。後ろ姿でもわかる体のラインが綺麗な女性。時折見える横顔からも目鼻立ちがはっきりしていて美人だ。

先ほどは思い浮かばなかったが、今目の前にいる女性が翔の隣に似合う。じっと見つめていると所作も綺麗だということに気づいた。姿勢も美しい。モデルか何かだろうかと思ってしまうほどだ。

あまりにもじっと見つめすぎていたせいか。真世の視線に気づいた女性がと視線がバチッと合った。

「っ」

怯む真世に比べて、目の合った女性はそれはそれはもう美しく微笑んだのだ。すぐさま視線は通行人に遮られたが、一瞬でも目が合った真世はなぜかドキドキしてしまう。

――世の中には本当に綺麗な人がいるんだよな。

そんなことをしみじみ感じていると、反対方向から翔が戻ってくるのが見えた。ホットドッグだけを買いに行ったはずなのに両手に何か持ちつつ、袋が両腕にぶら下がっている。まさかの光景に真世は驚き半分呆れ半分だ。

「……呆れてるでしょ」

「わかります？　私はホットドッグを買いに行ったと思ったんですけど」

「見たら色々欲しくなっちゃって」

とんとんとん、と色々置かれていく。ホットドッグの他にカップのアイスクリームや焼き鳥、ジュース……縁日かと疑うばかりの食べ物だ。

「食べきれます？」

「俺が食べるよ。アイス食べる？」

「……食べます」

ほんの少しのアルコールが食欲を増進させる。ホットワインと翔とのデートで火照った体にちょうどいい冷たさだ。ホットドッグよりもアイスクリームを選んだ真世は素直にスプーンを口にする。

「ん」

「キャラメルとコーヒーヌガーとマカデミアナッツのアイスだって」

「すごく甘いけど、おいしい」

甘いものは正義だとばかりに、ふふふんとご機嫌な笑みを漏らす。

「色々見つけると食べさせたくなっちゃうんだよな。出先でおいしそうな店を見つけるとつい寄っちゃう」

「ってことは、スパイスだけでじゃなくて他のも買ってきてたってことですね」

今までもらい物だと言っていたが、やはり違ったようだ。失言に気づいた翔が口元を手で覆う。

「今更だけど……買ってきたって言ったら気が引けるだろ？　真世さんと距離を詰めたくて仕方なかったんだよ」

そういうことなら……とならないのが頑固な真世だ。いったん気持ちを受け止めつつ、翔を見据えた。

「今度は、ちゃんと正直に言ってくださいね。あと、必要のないものは買わないように」

「アイスは必需品だろう？」

「……もう」

ぱくぱく食べている真世に説得力はない。大体最終的に言いくるめられてしまう。

格的に泣き出してしまい、声も漏れてしまう。大好きな仕事の反面、軽く見られるのが嫌だった。男性を誘うなんてことはしていない。今まで溜めていた不満が口をついて出てくる。エレベーターが翔の部屋に到着しても、真世は動くことができなかった。

「うん。うん」

濡れた髪を撫でながら、翔が涙で濡れた目尻に唇を落としていく。唇から伝わる熱がじわじわと広がり、真世の心を溶かしていく。

「頑張ってる真世さんが好きだよ。愛してる」

「っ」

「今日はきっと離してあげられない」

はっきりとそう宣言される。

「……はい」

瞼、額、頬。順番に唇が落とされて、最後は唇がそっと触れ合う。一瞬見つめ合ったと思ったら、きつく抱きしめられた。今までにないくらい強く抱かれて、これまでの抱擁がいかに加減されていたか気づく。互いに余裕がなく、真世も必死で食らいついた。

自分の中にこんな感情があるなんて知らなかった。初めて知る自分の中の愛に、戸惑いながらも真世は幸せでいっぱいだった。

「ダメだ、我慢できなくなる」

大きな手が体のあちこちを這っていた。互いに濡れた服であり、気持ちが先走ってしまったことに気づかされた。

「ふふふ、そう、ですね」

一瞬できた余裕に、笑みが漏れる。さすがにこのままではまずいと思っていると、翔が真世の手を取った。

「帰ろう」

「はい」

二人で並んで、翔の部屋に向かう。ドアが閉じたら心も体も結ばれるのだろうと期待してしまう。自分がいた。

◇◇◇

涙で腫れた瞼を撫でる。するとくすぐったそうに体をよじり、翔に背中を向けてしまった。

翔は自分が知らないことをたくさん知っている。きっと今頭の中に浮かんだ疑問もすぐに解決してしまう。今はスマートフォンで調べれば答えは出るかもしれない。けれども、真世は翔の口から聞きたかった。きっと少年のように目を輝かせて、語ってくれるだろう。今日真世が作ったガトーショコラをお供にお茶を淹れて……なんて考えていると到着時刻になった。

もうすぐだ。と心が跳ねる。もしかしたらぼんやり考え事をしている間にアナウンスが流れていたかもしれない。聞き逃してしまったと慌てて到着ロビーに戻る。大人が走ってしまうなんてはしたないが、真世ははやる気持ちを抑えられなかった。

「……あ、れ？」

少し息が切れつつもロビーに到着するが、まだ誰も出てきていない。

――あ、そうか。荷物取ったりするからか……。

荷物を運ぶベルトコンベアーを思い出し、真世は静かに椅子に腰かける。目の前には大きな掲示板。到着した飛行機が一目でわかるようになっている。

――ニューヨーク発、アメリカンジャックエアライン……六百五十便、全日本航空。待ち望みすぎて便名もすっかり覚えてしまった。その飛行機だけ、到着未定になっている。

――え……？

どうして？　と真世は訳がわからなかった。翔の操縦する便より後のものがすでに到着済みになっている。心がざわついて、嫌な予感に汗が噴き出す。真世の心の不安が爆発しそうになったとき、空港アナウンスが耳に届いた。

「ニューヨーク発、アメリカンジャックエアライン六百五十便……天候不良のため到着が遅れています」

同じアナウンスが二回繰り返され、真世は乱気流。と小さく呟く。

――乱気流って何？

聞いたことがあるような気がするが、何が問題なのかわからない。待っているだけでは気持ちが落ち着かない。調べない方がいいと頭の中で警告音が鳴っている。それでも不安な気持ちを少しでも緩和したくて、真世はスマートフォンを手に取ってしまった。

――乱気流、飛行機……遅延……。

思いつくワードを打ち込んで検索ボタンを押す。真世は乱気流の意味を知りたかっただけだが、トップに出てくるワードは想像と違った。『二〇一八年、航空機墜落事故の原因は乱気流か』そんな見出しが並んでいた。見てはいけないと警告音がさらに大きく鳴り響いた。しかし、指はしっかりとそのニュースをタップしていた。

画面が切り替わった瞬間、見なければよかったとすぐに後悔した。

墜落まで数秒。生存者の確認できず。ブラックボックスの解明を……など不穏な言葉が並んでいて、意識を失いそうになってしまった。胴体着陸、落下など、見るに堪えない文字が並んでいる。まさか、そんなことは。と思いながらも不安がぬぐえない。

真世のおかげで地に足をつけた生活が素晴らしいと思えるようになったと言ってくれた。きっと自分のもとに帰ってきてくれると細い糸のような翔の言葉に縋るしかなかった。

――お願い……早く、帰ってきて。

心が張り裂けそうなほど苦しくて、翔の存在の大きさを改めて知る。どうにかして情報を得たくて飛行機の番号を調べるが、機体の説明が出てくるだけで真世の欲しい情報はない。

帰国した人たちの楽しそうな声が響いている。週明けから仕事だなんて言いながらも顔は生き生きしている。旅行帰りだろうかと一瞬考えたが心配で人を見る余裕がない。

――ああいう人たちの楽しさを運ぶのも翔さんの仕事……。

素晴らしい仕事だ。誰もが憧れる職業だとわかっているが、無事で帰ってこなければ意味がない。先ほど見た記事の中には年に数度起きる飛行機の事故は自動車事故より少ないなんて書いてあったがそんなものは何の慰めにもならない。

待つ時間が永遠のように感じられる。時計を見ても十分も進んでいない。

——大丈夫。今は気流の感知もちゃんとできるって書いてあったし、あんなに優秀な人なんだから。

翔の人となりと考えれば安全な運航のために最善を尽くすはずだ。乗っている人の方がずっと怖いかもしれない。

——ううん。こんな考え方、ダメ。

最悪なことを考えるのは翔に失礼だ。疑って待つなんて絶対にダメだ。俯いていた顔を上げて、背筋を伸ばす。電光掲示板をじっと見つめて翔の乗る便の到着を待つ。

そんな風にいい子ちゃんぶっても、心配は消せない。翔を信じるなんて綺麗ごとで本当は叫びたいくらい心配だ。けれども、自分の仕事を尊重して大切にしてくれた翔の懐の広さを見習って真世も余裕のある自分になりたかった。

相反する気持ちが戦いを繰り広げ、やっぱり心配。いや、大丈夫。天使と悪魔の戦いではないが、自分の気持ちがあっちこっちに振り切れて擦り切れそうになっている。

もう嫌だと叫んでしまいそうになったとき、電光掲示板の表示がパッと切り替わった。

【ARRIVING】到着。到着。真世は心の中で何度もその表示を確認した。少し遅れて、アナウンスが流れてくる。

「ニューヨーク発、アメリカンジャックエアライン六百五十便……到着しました」

真世が何度も確認した翔の運航する飛行機だ。たまらず立ち上がり、目頭が熱くなってくる。大丈夫だって思っていたと手のひら返しの態度だが、安心したのには変わりない。そのまま膝の力が抜けて、どすんと椅子に腰かける形になった。

「……よかった」

漏れ出た声は震えていた。まだ到着ロビーに人の気配はなく、真世の声は静けさに飲み込まれていた。掲示板を信じていないわけではないが、翔の無事な姿を見ない限り安心できない。

――早く、早く出てきて。

指を組んで、祈りをささげる。無宗教だが、このときばかりは何かに縋っていないと息もできなかった。そんな真世の祈りが届いたのか、静かだった到着ロビーに人の気配を感じる。ああ、本当に到着したんだなと実感してきたのは声が聞こえてきたところだった。

「乱気流の影響で遅延が出てるって言ってたけど、揺れてた？」

「どうなんだろう。飛行機ってあんなもんじゃない？」

「私が北海道《ほっかいどう》に行ったとき、乱気流に巻き込まれてジェットコースターみたいになったことある……しかもライブカメラとかいって地上の映像見せられるからやばかった」

それはほんとやばいね。と笑う女性三人組の会話に耳を傾ける。

「機長の放送でも安心できたよね。しかもイケボだった……帰りのお見送りのときガチで恋しそうになった」

そんな会話を横目に、遅延が出るほどの気象の乱れに対して翔はきっと冷静に対応していたのだろう。遅延が出れば少なからず不満が出そうなのに、到着する人たちにはそんな様子が一つもない。出てくる人々が皆笑顔で、不安そうだったり具合が悪そうだったりする人たちはいないことが証明になっている。

真世が知る翔は何でもおいしそうに食べてくれて、少し強引だけど優しい人。頼りがいもあって、つい甘えてしまう。

——甘えてばかりじゃいけないのかな……。

こんなに大勢の命と安全を守っているのだ。普段の生活くらい私が甘やかしてあげたい。そんな欲張りな思いがにょきにょきと湧き出てくる。

人の波を見つめながら、先ほどまでの心配はどこへ行ったと言わんばかりの考えを浮かべていた。今日は外で食べる約束をしていたが、次にご飯を作る機会のときは好きなものを作ってあげたい。あと自分ができることは……なんて色々想像していると、電光掲示板の表示が【ARRIVED】に変更になった。

──過去形、ってことはもう全部終わったのかな……。

辺りを見渡すと、もう誰もいない。今思えば真世の近くにも到着を待っている人がちらほらいたような気がする。もしかしたら、待っていた人たちも同じような不安を抱えていたかもしれない。

──みんな無事に会えたんだね。

よかったと他人事ながら勝手に安心してしまう。人の気配がすっかりなくなったロビーだったが、先ほどのような苦しさはない。あとは翔が帰ってくるのを待つだけだからだ。おそらく乗務員たちはもう少し遅れて出てくるだろう。それでも早く会いたくて、真世は到着ロビーの出口で翔を待ち続けた。

「真世！」

今何時だろう。そう思ってスマートフォンの画面を確認したときだった。ずっと待ち望んでいた声が聞こえた。パッと顔を上げると、自分に向かって手を振る愛しい人の姿が見えた。

「あ……」

出口を出てきた翔に少しでも近づきたくて、真世は隔てられた柵から身を乗り出してその姿を確認する。

──翔さんだ。

到着したとわかっていたが、姿を見るのとそうでないのは全然違う。今までたくさんの乗客の命と安全を守っていた素振りも見せず、いつもの優しい笑顔を見せてくれた。

「かけ」

たまらず名前を呼ぼうとしたとき、翔の隣に誰かがいることに気づいた。長いフライトを終えてもなお、美しい女性だった。どこかで見たことあるような気がした。もしかしたら似ている芸能人がいるのかもしれない。キャビンアテンダントだろうと想像をしながらもなんとなく親しい雰囲気が隠しきれていない。心の奥がずきりと痛んだ。けれども、彼はまっすぐに真世のところに走ってくる。塀から身を乗り出して腕を伸ばすと、そのまま脇を抱えてひょい、と持ち上げられた。身を守るためか真世は無意識のうちに膝を曲げる。すると、そのまま塀を乗り越えて、翔の腕に乗せられてしまった。

あまりの驚きに声も出せないでいると、そのまま思い切り抱きしめられる。

「真世だ」

耳元でため息交じりの声で呼ばれる。先ほどから名前しか呼ばれていないが、全身から伝わってくる熱と声と力の強さで翔の心の弱さを垣間見た気がした。真世はそろそろと広い背中に腕を回すと、なんとも言えない安堵感に包まれた。

「おかえりなさい」

色々な感情が湧き出てきて、それが涙となって真世の頬を流れていく。

「泣いてる？」

「……そうかもしれません」

え！　と悲鳴に近い叫び声がロビーに響く。慌てている様子が声に出ていて、つい吹き出してしまった。

「今度は笑ってる？　どうしたの？」

「わかんないです……なんか色々考えちゃって」

「真世は物事を難しく考えるときがあるからな」

「そうですか？　私ほど単純な人間はいませんよ」

真世は翔の腕から抜け出そうとして、手を伸ばす。しかし、すさまじい力で阻止されて、また翔の体に閉じ込められてしまった。

「そういうときは、優先順位を決めておくといいよ」

あ、話聞いていない。けれども思い当たる節がないわけでもない。真世は翔のアドバイスに耳を傾ける。

「優先順位、ですか？」

「譲れないものは何か。考えてみて」

抽象的すぎて難しい。けれども不思議と心の中に染み込んでいく言葉だ。優先順位と改めて言われて改めて考えてみる。仕事ではきちんと順位を組み立てて取り組んでいく。けれどもあくまで仕事の中であって、普段の生活で考えることはあっただろうか。

「なんだかあんまり想像できません……仕事ではあっても自分のこととなると」

「まあ、そうだよね」

言った本人が同意している。肩透かしを食らったようだ。

「人に言ってるくせに自分はどうかと聞かれると難しいよ」

うんうんと頷き、真世は同意を示す。すると、真世を抱きしめていた腕の力が少しだけ緩んだ。

「今は真世との時間を大切にしたいかな。俺の優先順位トップ」

「ふふ、それは私も同じです」

少しおふざけを交えて、二人で笑い合う。初めて意識した優先順位は翔のことだった。

「締まらない終わりだったけど、迷ったときは自分の一番大切にしたいことを考えるといいね。俺も真世も」

おふざけで終わらないところが翔らしい。また一つ彼の好きなところが増えた。そんな嬉しい収穫があってほくほくと心が温まった。

「わかりました」

「よし」

納得した翔がやっと体を離してくれた。互いに周りが見えていなかったと思うが、心はとても満たされていた。

「さ、て」

帰ろうか。と翔が真世の手を取る。小さく頷くと、熱のこもった目で見つめられた。

「真世のこと今日寝かせてあげられないかも」

「……え？」

思いも寄らない宣言に瞬きを繰り返す。急に妖艶な雰囲気を醸し出されて、なんと返答したらいいかわからない。

「今日ちょっと大変だったんだ。一瞬プレッシャーに押しつぶされそうになって……だから、真世に労ってほしい」

「ねぎ……」

「ダメ？」

可愛らしく聞かれて、真世は口をはくはくさせながらどう答えていいかわからなかった。けれども先ほど甘えさせてあげたいと思ったことに含まれるのではとふと考える。それに、命をたくさん預かり、いつ危険なことに巻き込まれるかわからない翔の存在を直に感じたかった。

「……私も」

同じです。と小さく呟くと、隣で息を呑む音が聞こえてくる。

「まいった」

「……え？」

「可愛すぎて、まいる。ほんとに……」

さすがに制服のままキスできない。なんて声が聞こえてくる。冗談なのか本気なのかわからないが、自分を見つめる目の熱は全く隠せていない。とても恥ずかしいことを口にした自覚はあったが、何よりも翔の存在を近くで確かめたい。そんな気持ちでいっぱいだった。

◇◇◇

冬の気候は荒れやすいが、今日のは特に酷かった。ある程度の自動操縦は可能だが、今回ばかりは管制官とのやり取りにも緊張感が走っていた。風の流れが波打っていてそれを見つけた瞬間ひやりと肝が冷えた。

「到着の遅延がありそうです」

『了解しました。安全運航で』

イエス。と返事をすると、翔は副操縦士に気づかれないように小さく息を吐いた。

——約束しているから、早く帰りたかったけど。

心配させてしまうと真っ先に浮かんだが、今は目の前のことに集中しなければならない。数百人の命だ。ある程度の制御は可能だが、最後はやはり人の力が必要だ。着座しシートベルトを着用するよう、キャビンアテンダントにをアナウンスしてもらう。

『皆様、快適な空の旅の最中に失礼いたします。ただいま上空で乱気流が発生しており、機体が揺れる可能性があります。ご年配の方、心臓などに支障がある方で体の異常を感じた際にはキャビンアテンダントの方にお申し出ください。さて、ここでの操縦が私の腕の見せどころになると思います。もし乗客の皆様が揺れを感じることなく快適な旅を続けられましたら、ぜひお褒めのお言葉をいただきたいところです』

ここで客席の方から笑い声が響いたのが聞こえてきた。少しでも安全に安心に運航するには自分がリラックスしていなければならない。

『つきましては安全運航のため到着時刻の遅れが予測されます。皆様お急ぎだとは思いますがどうぞご理解ください』

レディースアンドジェントルメン……と英語で同じことを繰り返す。到着時刻が遅れることで少なからずクレームが来ることがある。今のアナウンスはきちんと記録に残るため説明を聞いていないというトラブルは避けられるはずだ。

「じゃあ、俺たちも頑張りますか」

「……こんなときでも落ち着いてられるキャプテン、すごいですね」

気象レーダーの波を見つめる副操縦士の声が震えている。これほどの大きな波はそうそうない。

「長いパイロット人生で数度あるかないかくらいだが、今経験してよかったと思えるように頑張るようにするな」

ぽん、と肩を叩くとこわばっていた体から力が抜けた。

「ありがとうございます」

柔らかい声に戻り、翔は意識して肩の力を抜く。

「さあ、ご安全に帰りましょう」

そうは言っても前途多難であろう空旅を想像しながら、胃の奥が押しつぶされそうなプレッシャーが翔を苛んでいた。


「素晴らしい運航でしたわ」

「誉め言葉が欲しいと言っていたからね」

機体から下りる際の挨拶で乗客からたくさんの誉め言葉をもらった。一人一人に頭を下げると、またぜひ自分の運航する飛行機に乗りたいとまで言ってくれる人もいた。ジョークのつもりだったが、こうやって真面目に捉えてくれるのが日本人のいいところかもしれない。しかし、到着時刻が遅れたのに変わりはない。滑走路は分単位のスケジュールが組まれていて基本的に遅れることは許されない。今回の乱気流は基本を外れた天候だった。管制官が到着時刻を計算し滑走路の調整をしてくれた。おかげで予定通り、同じ到着口に戻ってこられた。

——ああ、遅延報告書がいるかあ。

今日はこれで終わりのはずだった。乗客と一緒に帰れるはずだったが、規定時刻から三十分以上経過しているためアクシデントレポートが必要だ。けれども外で待っている人がいると考えると後ろ髪を引かれる。連絡をしなければとスマートフォンを取り出す。

「キャプテン」

「ん？」

副操縦士がつんつん、背中をつついてきた。少し子供っぽいところもあるが、こういう憎めない行動をしてくる。どうした？　と続けると翔を突いた指を今度は自分の方に向けた。

「今日、キャプテン直帰でしたよね」

「あ、ああ。でもレポートがあるから」

「それ、俺が書きますよ！」

え。と翔は戸惑う。ミスを押し付けることになるため翔は必要ないと首を横に振る。

「いえいえ。書くのはどっちでもいいわけじゃないですか。今回めっちゃ勉強になったんで俺に書かせてください。機長の対応もきちんと書いとくので」

それに、と副操縦士が続ける。

「待ってる人いるんじゃないですか？」

「……バレたか？」

「キャプテン、わかりやすいですよ。到着ロビーの方、めっちゃ見てますし」

仕事とプライベートは分けているつもりだったが、業務の終わりが見えて気が緩んでしまった。口元を手で覆って、顔を隠す。

「じゃ、今日は甘えていいか？」

「どーんと甘えてください。じゃ、お疲れ様です！」

どん、と背中を押されて翔はよろめく。そう歳も離れていないが、若いと力も強いらしい。疲れた体に染みる一撃だ、なんて思いつつ翔は自分の荷物を取りに行った。

今回のお土産は向こうで流行っているチョコレートを買ってきた。ローズエキスが入っているらしく、見た目も香りも楽しめるものらしい。

「翔！」

「……清野」

自分のスーツケースを回収していると、背後から声がかかった。以前名前呼びについては注意したが理解していないようだ。

「清野、業務中」

「あ、ごめんって。そんな怒んないでよ。今日上がりでしょ？　前に言ってた飲み。今日こそ付き合ってもらうんだから」

「今日はダメ。待ってる人がいるから」

腕を掴んでこようとした清野をやんわりと避ける。元々の人懐こさなのかスキンシップがやや過剰気味だ。

「待ってる人って、空港まで来てるってこと？　例の子？」

「まあ、そんな感じ」

スーツケースに破損がないことを確認して、翔は到着ロビーに向かう。清野も直帰なのか必然的に隣に並んだ。

「なんか意外だったな」

「何が？」

「素朴な感じよね。彼女。選んだ理由って何？」

どこで見たのか？　と考えてクリスマスマーケットかと思い当たる節があった。素朴と言われ、翔は同意できない。なぜなら清野の口ぶりが決して誉め言葉のように聞こえなかったからだ。

「俺が地に足をついた生活を送るのに必要な存在だからな」

「地に足……だって翔は空が好きでパイロットになったんでしょう？」

「まあ、な」

顔を伏せて、ロビーで待つ真世を想像する。ふわふわ浮くような生活ばかりしていた自分が人らしい生活を送れるようになった。空が好きなだけでは生きていけない。だからこそ、それを気づかせてくれた真世は話せない存在になってしまった。

「ちょっと詳しく聞きたいから、会える日教えてよ」

「あ～……じゃあ、次のロンドンで」

前を阻まれて何度も何度も日程を聞いてくる。こうなると清野は絶対に引かない。次の約束を取り付けるまでてこでも動かない。真世を待たせている焦りもあって、翔はうんざりした様子を隠さずそう答えた。

「やった。いいパブ見つけたんだ！」

そう言ってやっと道を譲ってくれる。益々疲労が募ったとばかりに肩を落として、翔はやっとロビーに向かえた。

「でも、翔がね……ねえ、知ってた？　私たち付き合ってるとか噂されてるんだよ？」

「噂に過ぎないだろう？」

仕事上では通じ合えるパートナーで普段は友人。それ以上でもそれ以下でもない。

「私は本当でもよかったんだけどな～」

軽い口調で返されて、翔は小さく笑うにとどめる。清野は時々冗談か本気かわからないことを言う。本心があまり見えず、接するのに慎重さを欠かせない。

「ねえ、あのさ……」

すりガラスの自動ドアをくぐり抜けると、椅子に座って小さく丸まる真世の姿が見えた。それを見つけた瞬間、遅延で心配をかけたことを悟った。賢い女性だから、すぐにどんな状況が起きているか理解していたのかもしれない。今の今までフライトに集中していたが、彼女の姿が目に入れば一番大切なものが何か思い出してしまった。

「真世！」

名前を呼ぶと顔を上げて、遠くからでもわかるくらいぐしゃりと表情を歪めた。一瞬のうちに考えたことが間違っていなかったことを知る。

真世が到着ロビーを隔てる塀から身を乗り出し、こちらに手を伸ばしている。一方通行になるように整備されているせいか、すぐそこに真世がいるのに遠い距離がもどかしい。到着客はもうほとんどロビーを抜けているため、待っているのは真世だけだった。待ち人と落ち合う姿をどんな思いで見ていたのだろう。静かになった到着ロビーに自分の急ぐ足音が響いた。こちらに向かって一生懸命手を伸ばす姿が愛おしくてたまらない。

「真世」

あと数歩で側に行けるがそれすらもどかしくて、小さな体を持ち上げて自分の胸に閉じ込めた。柔軟剤と干したての布団のような温かい香りがする。翔の心を落ち着かせてくれる香りに、無事に帰ってきたことを実感した。それを思うと、別の欲望がどんどん湧き出てくる。それに、心配をかけてしまったせいか真世は涙を流している。

「泣いてる?」

そう聞けば、少し強がった返事が返ってくる。うぬぼれでないことを実感していると、今度は笑い始めた。感情がコロコロ変わり、見ているだけで楽しい。今日はもう離せない、と囁く。

「私も……同じです」

まさかそんな返事が返ってくると思わず、翔は卒倒しそうになった。真世と付き合うようになってから、色々な感情が表立って出てくるようになった。

「真世が俺の帰る場所だから」

「翔さん？」

ぽつりと呟いた声は、拾われなかったようだ。けれども翔は構わなかった。自分がしっかりと理解していればいいと思っていた。

「ううん。大好きだよってこと」

思いが強すぎるのか、今すぐキスしてこの場で体をまさぐりたい。けれども、なけなしの理性で必死に耐える。今日は外で食事をして、自分が買ってきたチョコレートと真世に頼んだチョコレートを食べる予定だった。けれども、今は互いにそれどころではない。ここは空港で、ありがたいことに系列ホテルがいくつもある。翔ははやる気持ちを抑えきれず、片手に真世、片手にスマートフォンでホテルの予約を入れていく。社員専用のアプリがあり、部屋さえ空いていれば予約はすぐ取れる。すぐに空室を見つけてタップをすれば、予約完了。

「ごめん、本当に余裕ないかも」

「あ、う……」

今は翔にとって重要な任務中だ。時々連絡は来るものの、自分からメールや電話をしたことはない。邪魔になったり、自分の存在が迷惑になったりするのを避けるためだ。

「どうしよう……」

考えがうまくまとまらない。頭がぼーっとして、考えるのもおっくうだ。それでも心のどこかで、妊娠ということを喜んでいる自分がいる。翔の子供。そんな尊い存在がお腹の中に宿っていることが嬉しくてたまらないのだ。

「……まず、ちゃんと報告しないと……」

受診して、結果が出たら報告する。そこまで考えをまとめてなんとか気持ちを落ち着ける。

——眠い……。

受診まで少し時間があるだろう。やってきた眠気に抗うことなく、真世はそっと目を閉じた。

◇◇◇

「おめでとうございます。ここに赤ちゃんの袋が見えますね」

一時間も待たずに診察室に呼ばれ、緊張しながら内診台にまたがった。すぐに診察が始まり、エコー画面が映し出される。小さな豆粒のようなところを指さしながら、担当の女医が弾んだ声で真世に話しかけてきた。

「豆みたいなのが赤ちゃんの袋で胎嚢、この小さい中身が赤ちゃんかな。まだ心臓の動きは確認できないから……五週くらいかな？」

サイズにして、一センチ程度。けれども確実に真世の腹の中には新しい命が宿っている。その事実に、真世の心の奥底から込み上げてくる感動があった。

「お相手は？」

「えっと、今長期出張中で……」

「そう。じゃあきちんと報告して。これからどうするかも相談してもらわないと」

「どうするか……？」

新しい命が宿った事実は理解した。けれどもまず先にすべきことは翔に連絡することだ。理解しているがどうしても躊躇する自分を隠せない。

どうするかとは、産むか産まないかの選択だろう。真世の中でこの命を削る選択肢はない。もし否定されたら……とまで考えて小さく首を横に振る。

「わかりました」

「じゃあ、一週間後。今のところケトン体も出てないから定期的な点滴はいらなさそうだね。もし次の受診までにつわりとかで辛かったらいつでも来てね」

てきぱきと次の予定を決められて、真世はただ首を縦に振るしかできなかった。

「ではお大事に」

そのときに腕に刺していた点滴もちょうど終わり、隣にいた看護師が点滴の針を抜いてくれる。ゆっくり立ち上がって支度をする。体のだるさは大分解消されていて、めまいもしない。

「ありがとうございました」

「こちらをお会計に出してください。次回の予約票が一緒に出てきますので会計で受け取ってください」

「わかりました」

渡されたファイルを手に、真世は会計に向かう。一般総合病院のため午後でも患者が多くいた。そんな人ごみの中、真世は開いていたソファに腰を下ろした。

――連絡、しなきゃ。

時差を考えると向こうはまだ朝だろう。そんな時間に連絡してもいいだろうか。そんな迷いが真世の中に生まれる。けれども、翔に話さないという選択肢はない。

――きっと、大丈夫。

彼なら喜んでくれるはず。そう思って真世は異国の地にいる彼に電話をかける。

聞きなれない音が数度続く。少し遅れて、いつもの呼び出し音が鳴り響いた。

――一回、二回。

心の中で回数を数えていく。ぷつ、と音が途切れた後に、少しの沈黙が響いた。けれども何か物音が聞こえてきて相手が電話を取ったことに気づく。

「あ、もしもし！」

『もしもし？』

聞こえてきた声は翔と翔のものではなかった。綺麗な鈴が鳴るような美しい女性の声。

「……え」

『何か、御用でしょうか？』

「あ、わ、たし」

何か言わなければと思うが、喉がひりひりして声が出ない。次第に息も苦しくなってくる。

——今、電話に出ているのは誰？　翔さんの電話じゃない？

しかし、ずっとスマートフォンをにらめっこしていた真世はこの番号が翔のものと知っている。

『もしかして、翔の彼女？　今こちらは朝の七時過ぎなの。少し遅いモーニングコールかしら』

モーニングコール。朝。女の人の声。昼ドラのような展開に、考えたくもないことばかり浮かんできてしまう。

「ごめんね、翔は今シャワーを浴びてて。電話出られないみたい」

シャワー。普通の大人なら、今電話の向こうで何が起きているか簡単に想像できるだろう。ソファに座っているが、そこからも落ちてしまいそうなほどに体が震えている。

『翔とはどこで知り合ったの？』

「……え、あ……私がハウスキーパーとして入っていて」

『家政婦？　そう……あなた、随分したたかね』

頭が真っ白になり、真世は聞かれたまま答えてく。くすくす、と軽やかな笑みが聞こえてきて真世は自分の仕事をバカにされていると知った。

『今翔は大切な仕事をしているの。それに気づかないあなたは彼にふさわしくない。そう思わない？　パイロットなんて現地妻だっていることもあるのよ。今こうして私が電話に出ているだけで怯えちゃう子に彼は任せられない』

今になって、朝女性と一緒にいる事実が真世を襲う。それに今お相手の女性が言っていることは正しい。重要な任務に従事している翔の足を引っ張っているかもしれない。

『翔のような優秀なパイロットには、優秀なクルーが側にいるべき。そうでしょう？』

家政婦じゃねえ……と鼻で笑われる。違うと言えない自分が憎かった。真世は唇を噛んで、悔しさを堪える。

「……そうかもしれません」

『そうかもしれないじゃなくて、そうなの。いい夢見られたでしょ？　いい加減目を覚まして。じゃあお話は終わり。あと、こうして私が朝電話に出ること……同じ女性ならわかるでしょう？』

引きなさい。と強い口調で言われた。反論したくても、心も体も決して調子がいいと言えないためか、言葉が何も浮かんでこない。何もかもの思考を放棄したくなってしまうが、翔の笑顔を浮かんできて必死に堪える。

『そう。じゃあ、いいわ。あなたの職場に直接連絡してあげる。調べればわかるもの』

「やめて……」

『すぐに判断できない人はダメよ。空では一瞬の判断が必要なの。私はその判断を絶対に誤らない』

バーイ。と軽い調子で通話を切られた。ツーツーツーと終話の音が聞こえてくる。

これで終わってしまったのだろうか。向こうは朝。朝、女性が電話に出るということは一緒にいたのだろう。夜を共にした？　私ではなく、他の女性と。そう考えるだけで吐き気が込み上げてくる。

「うっ、うえ……」

何も食べていないため、喉に胃液だけが逆流してくる。ちりちりと胸が痛み、息も苦しい。

──どうして。どうして。

込み上げてくるのは胃液だけではなかった。溢れ出る涙が今の電話が現実だと教えてくれる。翔との付き合いは決して短くない。けれども、今電話に出た女性は真世よりもきっと彼の役に立てる人なのだろう。言葉の端々からその自信が聞き取れた。

――私はあんな風に言えない。翔の側にいたいと思った。けれども、誰かに責められてしまうとすぐに心が折れてしまう。これが現実なんだと真世は虚しさと悔しさと惨めさで心が破裂しそうだった。

――あ……。

そんなとき、手に持っていたエコー写真が目に入る。今自分の中に新しい命が宿っている。一瞬忘れてしまっていたが、翔との子供だ。

――この子だけでも……。

翔のことは諦めるしかないのかもしれない。けれども、お腹の子供だけは絶対に諦めたくなかった。

「真世」

「っ」

名前を呼ばれ、顔を上げる。そこには康人が立っていて、じっと真世を見下ろしていた。

「迎えに来た。会計は？」

「あ……ま、だ」

「貸せ。支払ってくる」

ファイルを奪い取られてしまい、背中を見送るしかなかった。

「あ」

受診した科がわかってしまう。隠さなければと思いながらも足に力が入らず追いかけることができない。ふとスマートフォンを見ると、翔に電話してから一時間経過していた。自分はどれほどぼんやりしていたのだろうと悲しくなってくる。

「真世。帰るぞ」

「……はい」

「話がある。仕事のことも……その腹の子供のことも」

真剣な顔でそう言われてしまい、真世は完全に逃げ場を失った。今日は本当に色々ある日だなあ……などとどこか他人事のように思いつつ、小さく頷くしかなかった。

◇◇◇

「真世、今日から事務所に住め」

「え……」

帰りの車の中で、康人はとんでもないことを言い出した。事務所とはひだまり家事代行サービスの事務所のことだろうか。それが顔にありありと出ていたのか、康人は「そうだ」と短く口にした。

「どうして……」

「そんなのお前が一番よくわかっているだろう。とんでもないやつに騙されやがって」

康人が怒っている。荒い口調と、眉間の皺、血走った目。見たことのない姿に、真世は息を呑む。

「今あいつの上司を名乗る女から連絡がきた。国家機密中に連絡をしてくるような程度の低い女性が側にいて困ると。国から訴えられるなんて言われて俺らの手に負えるはずないだろう」

「……っ」

女性。上司。思考が働かない真世でも先ほど電話に出た女性と同じことがわかる。

「しかも……妊娠してるなんて……俺がどんな思いで……」

「康人さん……ごめんなさい、私、それでもこの子は……」

「ダメだ諦めろ。早いうちがいい」

「そんな……嫌です」

自分が翔のキャリアの邪魔になることは理解した。ただ、腹の中に宿る命だけはどうしても諦められなかった。首を横に振り、康人の言葉を否定する。

「っ、俺だって！」

キーッとブレーキ音が響いて、康人が路肩に車を停めた。

「俺だってずっと真世だけを思ってきた。どうして気づかない。どうして俺じゃない。一緒に仕事もやってきて、何も問題はないはずだった」

「やす、ひとさん」

家族のように真世に接してくれていると思っていた。まさか自分に恋慕しているなんて、と真世は声を失う。

「ずっと好きだった。隣にいるのは俺だって思っていた。なあ、真世。子供は諦めよう。そして俺とやり直せばいい」

ずっと家族だと思っていた。恋する相手として今更見ることはできない。真世にとって心を震わせる存在はたった一人しかいないのだ。

「いや、嫌です……ごめんなさい……」

「……真世」

康人の顔が近づいてくる。顎を掴まれ、上を向かされる。嫌だと首を振るが男の人の力には敵わなかった。

「っ、や……」

思い切り手を伸ばして体を押し返そうとするが、びくともしない。

「いや、いや……」

唇がすぐそばまで迫っている。もう二度と翔に触れられない。それならば翔しか知らない体のままでいたかった。誰にも上書きされたくないと真世は必死に抵抗する。

「やめて!」

「っ、そんなに……嫌なのか?」

吐息が混ざる距離で、康人がそう囁く。真世は目に力を込めてもう一度「やめて」と強く拒否した。

「……」

ふうふう、と荒い息を繰り返す。顎を掴んでいた手を半分叩き落とすようにすると、康人は傷ついたように眉を下げた。その表情に罪悪感が湧き出てくるが、真世は強気な態度を崩さない。

「今の康人さんは昔私を無理やり襲った人と変わりありません。お願い……もうやめてください」

久しぶりの自由時間だからだろうか。清野の行動にも大胆さが増している。他の人に絡む分は問題ないが、その矛先が自分ということが受け入れがたい。

「逆に浮気の心配とかないの？　パイロットって不在がちだから浮気されたとかしょっちゅう聞くじゃない？」

「……どうだろうな。浮気しないくらい愛してるつもりだけどな」

浮気。その言葉はいつもパイロットの側についてまわる。されたこともあればしたこともあるなんて話はしょっちゅう耳にする。けれどもそんな浮ついた気持ちで翔は真世を愛していなかった。

「……そう。その資格があるかどうかよね」

「資格……？」

誰かといるために資格がいるのだろうか。そんな疑問が浮かんだが、答える義務はない。清野にはこうした選民思想が少なからずある。本人が口にしたわけではないが、人によって態度を変えるところがあるため苦手としている。だからこそ真世のことはあまり詳しく話したくない。

「じゃあ、また後でね」

「ああ」

面倒くさいというのが正直なところだ。けれども、同僚との良好な仲を築くのは重要な任務の一つだ。あの口ぶりだと、他にも何人か来るだろう。コミュニケーションの一貫として参加する必要がある。

——向こうは、今何時かな……。

スマートフォンを取り出して、翔は画面をタップする。北アフリカの国では定期的にメッセージの確認を強要された。テロ組織が身近にあるため航空関係者には特に厳しく、ナンバーロックすらも許されなかった。やりすぎだろうと思ったがそれぐらい重要な任務に就いていると思えば気が引き締まった。時間を確認すると、まだ夜が明けたころだ。とりあえず「おはよう」とだけメッセージを入れる。

——あとでロック設定しておかないとな。

今はとにかく一分一秒でも早く一人になりたくて、翔はスマートフォンをポケットにしまった。

「ふう～……」

長いため息が漏れ出て、無意識に目頭をぎゅっと押さえた。眼精疲労も強く画面を長く見ているのも辛かった。歳だな、と改めて実感しながら翔はスーツケースを片手に宿泊予定のホテルに向かった。

怖い顔している。と、清野が声を震わせた。

「どうして俺がハウスキーパーを雇っていたことを知っている」

「どうしてって……前に話したじゃない。ケビンにも言っていたし」

さも当然のように口にしているが、清野との会話で真世の仕事の話はしていない。独占欲からか、秘めておきたいという翔の思いがあったからだ。酔っていたときでも、それだけは守っていた。

「話していない。俺は、絶対に話していない」

「そんな……翔の勘違いだってことも……」

「違う。何を隠している」

清野にしては珍しいくらい慌てている。これは何かあると翔は確信した。連絡が取れない真世。怪しい清野。予約できないハウスキーパー。ここには必ず結びつきがあるはずだ。

「知っていること、全部言え」

自分の圧が強いと理解していた。会えないうえに連絡も取れない状況に翔は焦りを感じていた。だからこそ清野の態度は絶対見逃せない。

「なんで、あの子なの？」

「……あの子？」

「翔の相手がどうしてあの子なの？」

「……それは清野に関係あるのか？」

「あるわよ！」

翔の発言に被せるように叫ぶ清野に、一瞬圧倒された。しかし、その叫びこそが清野の関わりを証明するものだった。

「翔は今まで誰にもなびかなかった！　ずっとそれが続くと思っていた！　隣にいるのはずっと私だった！」

「……」

自分勝手な考えに、翔は苛立ちを抑えきれない。握る拳の力がどんどん強くなり、皮膚が擦れてギチギチと嫌な音を響かせた。

こうでもしないと拳を力のまま振り上げてしまいそうだった。翔が特別な人を作らなかったのは清野がいたからではない。ずっと会えなかったからこそ出会えた今はとにかく大切にしたかった。

「特別な人がいないからといって、清野が特別ということではない」

「っ、でも私は隣でずっと翔を見てた。だからわかるの……あの子には翔の隣に立てないって」

「隣に立つのがそれほど重要か？」

確かに清野は仕事ができる。翔の意志を汲んで、フライトの状況にあった対応をしてくれる。ただ、隣に立つのは翔にとって重要ではないのだ。

「隣じゃなくてもいい。遠く離れていたっていい。俺が地に足を着いて生きていけるよう真世の存在を感じられればなんだっていいんだ」

「あなたみたいな優秀な人には、絶対私の方がいいに決まってる！」

話しても理解してもらえない。今の言葉でダメだったらもうどうしようもない。これ以上の有益な情報は得られない。そう思って背を向けようとした。

「あの子だってそれで納得したのよ！」

その言葉の意味を理解するのに時間を要した。

「……納得した？」

まるで真世と話をしてきたような口ぶりだ。接点がまるでないはずなのに、おかしい。翔はその小さな違和感を見逃さなかった。

「そうよ。国の大切な仕事中に連絡をしてくるような非常識な女はふさわしくない。だから……」

翔は叫ぶ清野の肩を思い切り掴んだ。痛みで顔を歪めるが、今の自分には理性など残っていなかった。

「……連絡？　彼女が、お前に？　そんなことは絶対ないはずだ。俺に来たんだな？」

怒りのあまり声が震えている。離して、とか細い声が聞こえるが全神経がそれを拒否していた。

「っ、かけ」

「名前を呼ぶのは許していない。今まで友人だと思っていたが、清野は今それを裏切った。話せ。全部」

「裏切ってなんて」

真世を意図的に傷つけようとした。それがどうしても許せなかった。理性を失い、瞬きを忘れるほどの怒りが次から次へと湧き出てくる。

「ねえ、待って……冷静になってよく考えて」

「よく考えた結果こうしている」

まだ御託を並べる余裕があり、翔はやり場のない怒りを押し込めることができなかった。

「清野。最後だ。言え」

地を這うような低い声だった。脅しにも近い口調だったが、目の前の女は小さく喉を鳴らした。

「クルーみんなで、飲んだ日……朝、あなたを迎えに行ったでしょう？」

吐き出すような声で清野が翔の知りたかった事実を話し始める。

「電話が……かかってきて……それで、私……」

「今言ったことを真世に言ったんだな？　それだけか？」

とにかく全て話せと続きを促すと、まだあるのか視線をウロウロさせながら、「その」「あの」と繰り返していた。

「職場の……上司の……ふりをして……業務に支障が出てるって……あの子の……職場に……」

「内容は」

どうやって職場を知った？　その疑問よりも続きを促す。おそらくスマートフォンの中身を見たのだろう。

――クソッ、迂闊だった……。

前にいた北アフリカの国では機密事項が漏れないよう、スマートフォンのチェックをされることがある。それに伴いパスワードロックが禁止されていて、そのままにしていたのだ。つまり、いつでも誰でも翔のスマートフォンをチェックできるようになっていた。

「国家機密に関わる仕事をしているとき、連絡をされたら困る……あとは、私の存在を匂わせて……」

最悪だ。翔は吐き捨てるようにそう口にして、やや乱暴に掴んでいた肩を離した。

元々真世の職場に挨拶に行く予定だった。今清野が言ったことが本当だとしたら全てが合致する。ただ、真世から連絡があったことが翔の中で引っかかっている。彼女の性格上、余程のことがない限り電話などしてこない。必ず翔の都合を確認してくる。

——と、言うことは……。

電話をしなければならないほどのことがあったのだろう。そこまで考えて翔の取るべき行動は一つだった。

「清野」

「どうして、私じゃないの?」

「お前のことは上に報告する。もう空には飛び立てないと思え」

「そんなこと、しなくたって」

へなへなと床に座り込み、力なくそう吐き捨てる。手を貸す気にはなれず、翔は小さく舌打ちをした。

「……後任の育成をって肩を叩かれてるのよ。もう飛べないの。どんなに優秀でもあなたの隣に立てなきゃ意味がないのに。この間の外遊が最後のフライト。明日には辞令も出る」

「……」

栄転だろう。そう口にしたかったが、清野のしたことは許せない。翔は何も声をかけず、涙を流す清野に背を向けた。

「翔！　私ね、どうしてもあなたが諦められなくて」

これ以上呼ばないでくれ。そう最後に吐き捨てて翔は完全に清野の存在を完全にシャットアウトした。

◇◇◇

翔は今、真世の事務所の前に佇んでいた。社長との面会を希望したが、あっさり断られた。ただ、それで真世の行方を社長が知っていることが明らかになった。事務所を見上げて、一礼する。会えるまで何度でも来るつもりだった。

それから、翔は諦めず時間があるときは必ずひだまり家事代行サービスの事務所に通った。もちろん、面会はかなわない。けれども、真世への繋がりはここしかない。

春はとっくに過ぎていき、もう初夏の陽気になっている。会えない彼女を思い、無気力になる日もあった。けれども、翔は家を整えることだけは怠らなかった。

――いつか、真世が帰ってきたとき悲しまないように……。

ただその思いだけが翔を動かしていた。

そして、今日も今日とて面会を断られ、そろそろ心が折れそうになってきた。ついに、不審者として通報するとも言われた。ここに来られなくなったらもうどうしたらいいかわからない。翔は前髪をぐしゃりとつぶして「クソッ」と呟く。

「あなた、ほしのかけるさん？」

急に名前を呼ばれて、翔はバッと顔を上げる。そこにいたのは、知らない年配の女性だ。

「はい……そうですが。何か？」

「あぁ、よかった……ごめんなさいね。ここじゃちょっと目立つから……事務所に寄ってこなきゃいけないの。ここからまっすぐ行くとムーンバックスがあるから、そこで待ってて」

女性は何かから隠れるようにコソコソと声をかけてくる。事務所といって指さしたのは翔が入りたくても入れない場所だった。すぐに真世の関係者だと察して翔は力強く頷く。

「私たちももう限界なの。真世ちゃんを助けてあげてほしい」

途切れてしまうかと思った繋がりがやっと実を結んだ。翔は自分の体に力が戻ってくるのを実感していた。

「わかりました。お待ちしています。これ、俺の名刺です。何かあったらこの番号に」

コーヒーショップでただ待っているだけではダメだ。細い糸のような繋がりを絶対に離したくなかった。急いで番号を書いて女性に手渡した。

「話していると怪しまれますよね。俺を追い払う形にしてもらっていいですか？」

「おっ、話がわかるね。さぁ行った行った！」

しっしっ！　と手で払われて翔はわざとらしく駆け出す。そして目的のコーヒーショップに駆け込むと、ゆっくり息を整える。

——よかった。繋がれた……。

乱れた前髪を整えて、翔はカウンターに向かう。アイスコーヒーを一杯頼み、受け取ると存在を隠すように奥の席に腰かけた。

――真世から電話があったんだよな。おそらく俺に伝えたいことがあったはずだ。

カップに口をつけ、コーヒーを飲み込む。香ばしい香りが昂った気持ちを少し落ち着けてくれた。

――出発の前、どこか具合が悪そうだった。もしかしたら大きな病気……そう考えると連絡が取れないのも仕方ないのかもしれない。どこが悪いんだ？　今は？

冷静に考えなければと言い聞かせるが、悪い方向にどんどん進んでしまっている。連絡できないほどの病気だとすると……とまで考えて全身の肌がぞっと粟立った。真世の生死に関わっているとしたら。

「くそっ」

どうしてそんなときに側にいられない。仕事を恨んだのは初めてだった。空が好きで、夢かなってパイロットになり、それだけでよかったはずだった。けれども真世という存在を心の内に入れてから翔の中での優先順位がひっくり返ってしまった。

――彼女がいないだけでこんなに心が乱されるなんて。

清野のしでかしたことは本当に許せない。けれどもそれは翔の慢心が導いたことであって、真世は何も関係なかった。自分の落ち度が許せず、翔は唇を噛みしめた。

「お待たせしました。悪かったわね。時間は大丈夫?」

「こちらこそ。すみません」

負の連鎖に陥ったとき、先ほどの女性が到着した。とにかく真世への手がかりが欲しくて翔は躍起になって女性を質問攻めにする。

「真世は、真世さんは今どこにいるのでしょうか? 元気で過ごしているんですか?」

「ちょ、ちょっと待って。まずは落ち着いて。私も飲み物を買ってくるから……」

「私が行きます。何にしますか?」

じっと待つことを嫌い、翔は我先にと席を立つ。じゃあ、カフェオレと言う女性の言葉を最後まで待たずにカウンターに向かった。

「お待たせしました」

「ありがとう」

互いにカップに口をつけて、同時に息を吐いた。待ってと言われたからには翔は待つしかない。女性の口が開くのを今か今かと待ちわびていると、女性がじっと翔を見つめてきた。

「あ、紹介が遅れちゃったけど、私はあそこで働いているハウスキーパー。真世ちゃ

ん の同僚の吉岡《よしおか》です」

「ご紹介ありがとうございます。私は真世さんとお付き合いをさせていただいている、星野翔といいます」

互いに自己紹介後、頭を下げる。前のめりになっていた気持ちが少しだけ落ち着いたところで。

「ねえ、真世ちゃんの他にあなたには似合う人がいるってほんと？」

「そんなこと！」

冗談でも許せない言葉に翔は勢いよく立ち上がって叫んだ。

「あ……」

周りの視線を一身に浴びてしまった。

「すみません……」

しおれるようにゆっくりともう一度腰かける。すると、目の前の女性がカラカラと大きな声で笑い始めた。

「あ～……よかった。なんか、誤解みたいだね」

「その誤解も俺の怠慢から招いたと思います」

「まあ、あなたモテそうだからね。ダメよ。きっちり拒否しないと」

「身に染みて実感しています」

清野の曖昧な態度がはっきりと断る機会を失わせてしまっていた。そこまで考えて、人のせいにしている自分に気づく。首を横に振って自分の思考を否定し、翔は目の前の女性としっかり視線を合わせた。

「誤解を解く機会が欲しいと思っています。社長に面会を申し込んでいますが、断られてしまって。アプリも退会処理をされてしまっているので繋がる手段がないんです」

「社長もねぇ……あの人も頑固だから。門前払いは確実よ。でも、真世ちゃんの悲しい顔はもう見たくないから。二人で説得するしかないよ？」

「会えますか？　俺は真世に会いたいです」

藁にも縋る思いだった。込み上げてくる気持ちが抑えきれず、目頭がぐっと熱くなった。泣くもんじゃないと自分に言い聞かせて、翔はぐっと涙を堪えた。

「うん。会えるよ。真世ちゃんは今、事務所に半分軟禁されているみたいなもんだから……」

「社長さんにですか？」

「そう。会社のため何て言っているけど、全部自分のためよ。真世ちゃんの気持ちが自分に向かないからって……まあ、状況を考えればわからなくもないけど……」

女性の言う『状況』がうまく呑み込めない。何か隠されているような気がするが、女性は話す気配がない。

「状況、とは」

「う～ん……社長の失恋が決定な状況ってこと」

「失恋……」

曖昧すぎてわからない。もう少し詳しく教えてほしいと詰め寄るが、女性は首を横に振った。

「私からは言えないな。真世ちゃん、きっとあなたに言いたいはずよ」

「……悪い病気とかじゃないですよね？」

「違う違う」

カラカラ笑うその表情から嘘でないことが読み取れる。どうしてここまでしてくれるのだろうか。翔は素直にその疑問をぶつけてみる。

「真世ちゃん、私たちだけには話してくれるの。あなたのこと。社長とは冷戦状態だけどね」

「……どんな風に聞いてます？」

「私の心の支えだって」

たった一言だけだったが、心の奥までしっかり刺さる言葉だった。多くは語らない真世だからこそ、重みがある。

「……そんなの、俺だって」

翔は両手で顔を覆い、俯く。こうでもしないとみっともなく泣き出してしまいそうだった。

「あらら。大丈夫？　あ、ほら！　連絡が来た。社長が出かけたって。行くわよ！」

感傷に浸る暇はないようだ。その言葉に促されるように翔は立ち上がる。

「そういえば、どうして俺が星野翔ってわかったんですか？」

「それは……もう、真世ちゃんからこっちが砂を吐くくらいのろけられたからかな？」

そんな話を聞いてしまえば、もう会いたくて会いたくてたまらなくなってしまった。

◇◇◇

事務所に閉じ込められてどのくらい経っただろうか。家に帰れなくなってしまい、感覚がマヒしてしまった。大見得を切ったが、つわりが始まった体は思ったよりも動けなかった。だるさと眠気が強く、これも一種のつわりと聞いて驚いてしまった。仕事もセーブしてしまっている。新規はほとんど入らず、以前から懇意にしてくれているところをメインに訪問するようにしていた。その際も康人の送り迎えが付いていて、逃げ出すことを許されない。会社に損益が出ないよう監視されている状態だ。

——そんなにしなくたってもう会うこともないだろうに。

なんならつわりが酷く、出歩くことすらおっくうで仕方がない。妊娠による気持ちの変化に、真世は自分自身が乖離してしまったような感覚に襲われていた。

真世のために与えられた部屋は事務所の奥にある康人のプライベートルームだった。生活に必要な物品が揃っていて、キッチンもある。康人が入ってくるようなことはないが、誰かの気配がずっとしていて、落ち着かない生活が続いている。逃げ出すことも考えた。仕事を辞めることも考えた。しかし、今この仕事には真世がいいと頼ってくれる人がいる。真世の仕事を認め、年単位での依頼を続けてくれる人。温かい食事が欲しいと不定期な依頼をくれる双子育児中の人。そして何より真世の妊娠を知り、体を大切にしなさいと労わってくれるスタッフ。辛い目にあったときに支えようとしてくれた康人。真世が逃げ出すことを躊躇してしまう理由は少なくない。

けれども、愛する人以外の存在を感じる部屋は、ストレス以外の何物でもない。

——翔さんの部屋はそんなことなかったのに。

何をするにも翔を思い浮かべてしまう。どうしたって心に住み着いてしまっている彼の存在は、心の支えでもありつつも真世の迷いのもとだった。けれども無事にお腹の中の命の心拍を確認でき、真世の気持ちとは裏腹にすくすくと育っているようだ。もうすでに人間の形をしていた。小さな小さな指も確認できて、感動のあまり叫んでしまったのも記憶に新しい。

しかし、まだ油断はできない。康人の視線が腹に固定されるとき、背筋がぞっとする。真世は絶対にこの子を産むと決めている。

——私はここにいてはいけない。

毎日そんなことばかり考えては諦めを繰り返していた。

スマートフォンを取り上げられ、翔に繋がりそうなものは全て消されてしまった。どこに行くにも見張られ、息が詰まる。自分の身から出たさびだという人もいるかもしれないが、時間が経てば経つほど、それほどのことをしたのだろうかと疑問が浮かぶ。

それを盾にこの状況に置かれている。しかし、つわりによる体の不調のせいで考えがうまくまとまらない。

「こっちこっち」

「すみません」

そんなことを考えていると、事務所の方から声がした。いつも真世を気にかけてくれている吉岡の声だ。康人が忙しい日は吉岡が送り迎えをしてくれることが多い。真世よりもずっと長くここで働いていて、康人の信頼もある人だ。

——一人じゃない……？

どうやら誰か連れているようだ。体を起こすと、こちらに向かってきている。

「ここ、早く行ってあげて」

「ありがとうございます」

近くで聞こえた声に、霧がかかっていた思考が一気に晴れていく。ドアが開くより先に、真世は駆け出す。

「っ、翔さん！」

ドアが開くと同時に、くすぶっていた思いをぶつけるように飛びつく。

「真世！」

大きな体に包まれる。知った温もりと、甘やかに真世を包み込む香り。全てが体中から欲しいと願っていた存在だった。以前空港のロビーでは遠慮してしまっていた。

けれども今は恥も外聞も投げ捨て翔の存在を感じていたかった。

「っ、う、うぅ……うっ……」

存在を確かめると共に涙が溢れ出てくる。嗚咽も混じり、うまく言葉を紡げないでいた。

「真世、真世……ごめん」

「かけるさ……」

もう離したくないと思い切り翔に抱き着く。絶対に離れたくないと強い気持ちを込めた。溢れる涙をぬぐう余裕もなく、翔の服に擦り付ける形になる。

「真世……」

そっと仰ぐと、苦しそうに真世を見つめる姿がある。

——そんな顔、しないで。

うんと背伸びをして翔の唇に自分のものを重ねた。唇を通して広がる熱を感じる。すると、一度では収まらず、夢中になって唇を重ねた。吉岡が視界の端に映ったが、どうでもいいと思えた。今は翔だけを見つめていたかった。

「っ、は……ふ」

久しぶりのキスに、頭がくらくらとしてくる。酸欠を自覚しながらも、真世は必死で彼に縋った。

「真世……よかった。会えて……」

「翔さん……」

「電話のこと、聞いた。全部嘘だ。朝のミーティングがあったから呼びに来ただけだ。何もないんだ……それに会社に電話したのも彼女だ。絶対に許されないことだと思う。結果こんなことになって、本当に後悔してる……」

彼女とは電話の女性のことだろう。翔の話に耳を傾けていると、全てが誤解だと理解した。

「社長にはなかなか会ってもらえなくて……でも、吉岡さんが今日こうして会えるようにしてくれたんだ」

「吉岡さん……ありがとうございます」

助けてくれる人がいたことに感謝し、真世は深々と頭を下げる。

「いいのよお。社長の考えはおかしいと思ってたし。真世ちゃんには幸せになってほしいから」

翔と二人で目を合わせる。誰かの助けがなければ、二度と会えなかったかもしれない。

「ほら、真世ちゃん。ちゃんと教えてあげないと」

「あ、え……」

急に話を振られて、真世は困惑する。今言っていいものか。会えた喜びだけを噛みしめていたかったがそうもいかない。真世はしどろもどろになりつつ、そっと翔を見上げた。

「……あ、と。仕事中、電話しちゃってすみません……」

「ううん。いいんだよ。ダメなときはダメって言うんだから。それがないときはいつだっていいんだから」

「えっとじゃあ、その、電話でお伝えしようと思ったんですが……」

やっと翔に伝えられる喜びと、もし嫌がられたという思いが交錯する。一人で育てようなんて引かれないだろうか。会いたくて仕方がなかった半面、急にやってきたチャンスに真世は怯んでしまった。

「真世ちゃん。大丈夫よお。あなたが好きになった人でしょ？」

迷う真世に気づいた吉岡が背中を押してくれる。もう一度しっかり翔の顔を見る。

――そうだ。この人は私の好きになった人だ。

そう思うと、不思議と怖さがなくなる。

「あの、実は今お腹に赤ちゃんがいます。私と、翔さんの子です」

やっと言えた。心のつかえが取れたようで、胸の奥がすっと広がり息がしやすくなった。一生秘密にしていくつもりだったが、やはり重りとなって真世にのしかかっていたようだ。

「こ、ども」

「はい。順調です。もう会えないと思ってたから、一人で育てようと思ってました。勝手なことをしてごめんなさい」

「……そんな、そんな……」

翔の反応が乏しい。真世はじっと次の言葉を待つ。

「ありがとう……辛かっただろうに、一人で頑張ってくれて」

優しく抱きしめられて、そう囁かれる。声が震えていて、涙声のようにも聞こえる。

「ごめん、何て言ったらいいか……嬉しくて……」

「嬉しいですか？ 本当ですか？」

「ああ。真世との誤解を解けて、会えただけじゃなくて、俺との子供も大切にしてくれていて……」

嬉しい。その言葉を聞けて真世はホッと胸を撫で下ろした。認めてもらえなかった

# あとがき

はじめまして。ぐるもりと申します。このたびは素敵なご縁があり、マーマレード文庫様で『凄腕パイロットに囲われたら、眩むほどの愛の証を刻み込まれました』を出版させていただくことができました。

パイロットという職業での執筆は初めてでしたが、担当編集様の力を借りて素敵な作品に仕上げることができました。

普段、あとがきを書く際、お話の小話と自分のプライベートをを語らせてもらうことが多いのですが、今回も漏れなくお話させていただけたらと思います。

まず、真世のキャラクターのイメージは私の祖母から引っ張ってきました。祖母は料理が上手で、私が幼いころにピザやピロシキなどの西洋料理から何十年と継ぎ足したぬか床まで幅広いレパートリーを持つ人でした。そんな祖母は家を大切にしていて、遊びに行くのが楽しみでした。あることをきっかけに家のことが回らなくなってしまったのですが、人の手が入らない家の居心地の悪さを知ったことから生まれた話でもあります。

真世ちゃんはこれから目が回らなくなるような忙しさに翻弄されるかもしれませんが、そこはもう溺愛パパの翔さんがもぎとった育休で協力してくれるでしょう。

性別は最後まで悩んだのですが、女の子です。翔さん似の美女に育ち、パパと同じ空に憧れる子として、ハイジャンプを極めていきます。パパのスパルタ指導とママの懐の深さですくすくと育っていくことを考えると我が子のことのように嬉しく思います。これからの二人のことを思うとどんな困難も乗り越えていけるだろうな～と最高に幸せでハッピーな気持ちです。もちろん、ハッピーエンドを迎えられて作者としては大満足です。それに至るまで真世ちゃんは大変でしたが……（笑）

ここ最近は某イカゲームにはまってしまい時間の大半を取られてしまっていますが、プライベートも楽しみつつまた皆様にお話をお届けできたらなと思います。

このたびは素敵なご縁をくださった編集プロダクション社長様、担当編集者様、イラストレーターの森《もり》原《はら》八鹿《ようか》先生、装丁デザイン担当者様、本当にどうもありがとうございました。この場を借りてお礼を伝えさせてください。普段はTwitterに常駐していますので、もし気になる要素が少しでもあればぜひフォローをお願いします。

では、またご縁がありますように！

## ファンレターの宛先

マーマレード文庫をお買い上げいただきありがとうございます。
この作品を読んでのご意見・ご感想をお聞かせください。

**宛先**

〒100-0004　東京都千代田区大手町1-5-1 大手町ファーストスクエア
イーストタワー19階
株式会社ハーパーコリンズ・ジャパン　マーマレード文庫編集部
ぐるもり先生

## マーマレード文庫特製壁紙プレゼント!

読者アンケートにお答えいただいた方全員に、表紙イラストの
特製 PC 用・スマートフォン用壁紙をプレゼントします。

詳細はマーマレード文庫サイトをご覧ください!!
公式サイト
@marmaladebunko

twitter も チェック!

マーマレード文庫

凄腕パイロットに囲われたら、
眩むほどの愛の証を刻み込まれました

2023年7月15日　第1刷発行　定価はカバーに表示してあります

著者　ぐるもり　©GURUMORI 2023
編集　株式会社エースクリエイター
発行人　鈴木幸辰
発行所　株式会社ハーパーコリンズ・ジャパン
東京都千代田区大手町1-5-1
電話　03-6269-2883（営業）
0570-008091（読者サービス係）
印刷・製本　中央精版印刷株式会社


ISBN-978-4-596-52128-6



m a r m a l a d e b u n k o